EL Kronnox de Errex

Los Cuatro Reinos

Por: F.Quinones Jr.

Capítulo 1

Los Kan-Kan

~ Presente - Año 15 d.Z. ~

Bulkan, la gran montaña del norte, se perfila en el horizonte desde los balcones del Castillo Kan-kan. Con su pico cubierto por la nieve, parece querer contarnos alguna de sus muchas historias. Pero... será mejor no molestar al coloso durmiente por este momento. Así que seré yo , un simple cuentista , quien se tome el honor de narrarles en esta ocasión, esta maravillosa historia. La historia de "El Kronnox de Errex".

Nos encontramos en el año quince después de Z. (15 d.Z.) y es este año, nuestro punto de partida y nuestro presente dentro del "Kronnox" (es decir , el tiempo del mundo de Errex).

Ya comienza la primavera en la región norte de Errex y es aquí, precisamente en el norte, donde encontramos el dominio de una de las cuatro razas principales de este fantástico mundo. Ésta raza que domina en el norte es mejor conocida como los "Kan-kan".

Los Kan-kan son criaturas humanoides con facciones caninas y por tal razón el nombre de su raza. Todos tienen cola, hocico, nariz, orejas y ojos como las de un canino. Los kan-kan logran alcanzar los cien años de edad aproximadamente. Ellos caminan erguidos en dos patas. Podemos encontrar un sin número de tipos y de clases en esta raza Kan-kan a lo largo y ancho de todo Errex. No está demás decir, que es la raza principal de mayor población, duplicando en número a las otras tres razas juntas. Hay kan-kan grandes y otros pequeños, unos gordos y otros flacos, unos peludos y otros pelados, pero eso sí, hay que señalar que sólo los de pelaje rojizo son la clase del linaje real y esto los distingue entre los demás kan-kan.

Ésta clase de los rojizos, es también conocida como los guardianes del elemento de fuego. Esto es así ya, que es el fuego su elemento a proteger y cuidar desde la antigüedad. El fuego,, a los rojizos, no les causa daño alguno; pues su temperatura corporal puede alcanzar niveles muy altos evitando así causarles daño y por esta razón es que también poseen la cualidad de soportar las bajas temperaturas del norte, las cuales se extienden hasta por seis largos meses. O sea que el invierno en el norte se prolonga por el kronnox de medio año y cada una de las otras tres estaciones del año solo duran dos meses en esta región. Este cambio climático es el resultado de más de dos mil años que lleva durmiendo la gran montaña volcánica del norte, al que ya todos conocemos desde la introducción, el Coloso Bulkan.

Los Kan-kan dirigen la "N. A. I." (Nueva Alianza Imperial), esto es un acuerdo entre los cuatro reinos, creada en el año 5 d.Z,. la cual asegura la paz y vela por la seguridad entre todos ellos.

Para los Kan-kan sus valores morales y espirituales están basados en la justicia y el amor. Es tanto así, que todas las leyes y normas impuestas por el rey actual, Reiix, están basadas en estos valores. Por tanto el elemento del fuego en el norte tiene mayor significado que el sólo hecho de ser un simple símbolo para ellos. Pues lo llevan en la sangre y en su corazón.

Pero para introducir mejor a los habitantes del norte, es necesario dar a conocer un suceso de hace 15 años,

muy importante en la historia de los Kan-kan. Un suceso que marcó un antes y un después en el Kronnox de Errex. Éste es el suceso llamado "Día Z". Así que vayamos por unos segundos o mejor dicho, sekronnox (como dicen en Errex), al pasado para conocerlo.

Es el año cincuenta en el reinado de Raiion, rey del norte de Errex. Este es el año mejor recordado por el suceso del "Día Z".

Se le llama "Día Z" para no hacer mención del nombre del horrible señor de la oscuridad, quien se manifestó, logrando engañar a Ruggio, uno de los príncipes del norte. Así que, está prohibido rotundamente ser mencionado ese nombre en todo Errex. Por lo cual sólo pronuncian la primera letra de su nombre, la letra "Z".

Tras el engaño al príncipe del norte, se desató la llamada "Rebelión de Ruggio". Evento que marcó a todo Errex para siempre, estableciendo una nueva era en el Kronnox.

Esta rebelión sucedió así:

El reinado de Raiion está llegando a su final. Su hijo mayor Ruggio, el también hermano de Reiix, ha hecho alianza con Z para tomar por la fuerza la corona y la espada llamada "Fuego del Norte".

Para entonces, Ruggio tenía un hijo llamado Adrián, el cual tenía tan sólo tres años. Mientras que a Reiix le acababa de nacer esa noche su hijo. Reiix queda mal herido, tras enfrentarse a su hermano. Entendiendo que su hijo recién nacido estaría en gran peligro, ordenó ocultar al menor lejos del reino del norte. Mientras que Adrián fue protegido por órdenes de su abuelo, ante la posible amenaza al trono por parte de Ruggio.

Reiix, junto a su amigo Lhando, intentaron detenerlo. Pero Ruggio y sus soldados de la Legión eran invencibles para tan sólo ellos dos. Dejando mal herido a ambos, Ruggio logra entrar a la sala del trono donde estaba su padre Raiion sentado. Es en ese momento que las "Armas de Errex" del sur, del este y del oeste que estaban presentes, auxilian al norte y evitan que Z logre triunfar a través del rebelde Ruggio.

Tras un cruel enfrentamiento, la batalla termina y logran detenerlo. Ruggio, junto a sus leales soldados de la Legión, mueren en la sala del trono ante las Armas de Errex. También Z desaparece ante la derrota de Ruggio y todo plan del señor de la oscuridad se desvaneció por el momento.

La Rebelión de Ruggio, trajo como resultado muchas bajas significativas. Entre ellas estaba Araki, la Kandace del sur. La cual trajo grandes repercusiones en los años subsiguientes y provocó enemistad entre los reinos del sur y el norte.

Raiion el rey del norte, muere esa tarde, al sacrificarse con el fin de detener a "Z" el cual engaña la mente y el corazón de su hijo Ruggio. Evitando así la victoria de todo plan siniestro del villano "Z".

También Lhando, el Sak'Eki de los Sau'rex del oeste, resultó gravemente herido por tratar de detener a Ruggio, estas heridas provocaron su muerte el año 10 d. Z.

De la misma manera Reiix, el rey actual del norte, ha estado gobernando desde entonces en condiciones graves por causa de aquel enfrentamiento con su hermano. Al presente su salud está muy comprometida y teme que el reino del norte podría caer en las manos incorrectas por él morir en estos momentos. Sólo una chispa de esperanza podría asegurar el destino del norte y quizás de todo Errex.

Todo este suceso, con mejor detenimiento, lo tocaremos más adelante, pues no quiero que nadie se me duerma en tan solo los primeros párrafos de de esta larga historia, así que por ahora basta de hablar del pasado y volvamos al presente una vez más...

~ Presente - Año 15 d.Z. - Región Central de Errex ~

Un joven kan-kan, de ojos marrones y con su
rostro cubierto, de unos seis pies de alto y vestido como
un forastero, no deja de admirar desde el tope de un
árbol la vista panorámica del reino del norte. No es para
menos, pues su corazón late aceleradamente cada vez
que disfruta de la hermosa vista del castillo Kan-kan
que sobresale en la llanura. Siempre ha soñado con tan

siquiera algún día entrar al castillo. Cuando al descubrir
su rostro y cerrar los ojos para sentir la brisa fresca que
anuncia la primavera que se avecina, escucha susurrar
su nombre:

"Yaro... , Yaro..." -parecía que el norte le llamaba.
"Yaro... , Yaro..."

"¡YARO! ¡DESPIERTA KAN-TONTO!" -le gritaba su
pequeño compañero Ratta'tax desde el suelo, mientras
Yaro abría los ojos y con un suspiro abandonó su
anhelado sueño, por un instante, para así bajar del
árbol.

Ratta'tax sube a su hombro diciéndole: "Deja ya de
soñar en ser algo que está muy lejos de tu realidad y
pongámonos a trabajar. Ya te lo he dicho antes. Tu eres
un kan-kan más, entre todos los kan-kan que existen en
todo Errex y además esa idea loca de ir al norte no nos
conviene como socios. Es más, yo creo que sería mejor
si caminaramos al sur, ya que si encontramos los
tesoros de esas marakuas seríamos ricos, muy ricos.

Solo así te podrías dar una vida de un kan-kan del norte. Así como lo hace el principe Adrian, ese engreído suertudo. O tal vez, si fuéramos al este..."

Ratta'tax es un pequeño roedoro con pelaje de colores blanco, negro y gris. De orejas muy grandes. Es muy parlanchín y carece de lo que presume. De su supuesta grandeza y poder. Pero eso, Yaro lo sabe muy bien. Y solo prefiere ignorarlo, aunque no se lo deja saber. Ya que lo estima mucho y le considera como un padre y gran amigo. Pues fué Ratta'tax quien lo encontró hace quince años cuando era sólo un recién nacido kan-kan. Esa noche, en medio de lluvias y tronadas, Ratta'tax buscaba cómo arreglárselas para sobrevivir, o sea buscaba a quien robar para comer. Y no lo juzguemos todavía, ya que aunque sabemos que robar no es lo correcto, para él, robar.era algo normal. Él se encontraba entre "El Camino" que conectan al reino del norte con el del oeste. Cuando de repente escuchó gritar a alguien pidiendo auxilio. Era una Kan-kan quien caía al suelo muy mal herida soltando una canasta.

Ratta'tax pensó que eran provisiones. Así que sin titubear tomó la canasta y se la llevó. La Kan-kan comenzó a gritar fuertemente: "YARO"... "YARO"..., mientras Ratta'tax huía con la canasta, y luego ella expiró. Ratta'tax descubrió que la canasta no contenía provisiones, más bien al pequeño. Pensó por unos segundos dejarlo y alejarse de la canasta. Pero los

llantos del pequeño evitaron que tomara tan cruel
decisión, tomándole y cuidando de él hasta hoy.

"OK!" -le contesta Yaro- "Marcharemos al sur, pero
antes creo que sería mejor pasar por el mercado de la
aldea más cercana para asegurarnos de tener suficiente
comida para el viaje."

"Bah, siempre pensado en tragar." -dijo: Ratta'tax-
"Ok, entonces tu ganas. Pero al menos esta vez
asegúrate de seguir mi plan al pie de la letra."

"¿Tu plan?" -le pregunta Yaro- "¿Cuál es el A o el B?
Porque no importa cuál sea, siempre termino
salvándote la vida por culpa de que tus supuestos
planes fracasan."

"¡Mi plan nunca falla!" -decía cerrando sus ojitos, un
Ratta'tax muy seguro de sí-"Porque, si la última vez por
poco me cuesta la vida, no fue por mi culpa. Si nó la de
esos saur'rex hambrientos."

"¡JA JA JA!" -se reía Yaro- "Nah no nos fué tan mal
como tu dices. Al menos lograstes tomar un poco de su
dinero. Además creo que los saur'rex esos jamás
pensaron comerte. Para mí , eran vegetarianos."

"¿Vegetarianos?" -cuestionaba con asombro
Ratta'tax- "Nada de vegetarianos. Porque con esos
dientes afilados y esos ojos que me miraban con ganas
de tragarme de un bocado. Yo diría que, no eran para

nada vegetarianos. Claro está, que yo hubiera sido capaz de acabarlos a ambos, pero tú no me dejastes y me agarrastes para huir de allí... (no sé donde estuviera ahora mismo de Yaro no haberlo hecho)" -se decía para sí mismo en voz baja- "Ah! El punto es que si sigues al pie de la letra mi plan..."

Así seguía todo el camino, el pequeño parlanchín presumiendo de su supuesto plan sin darse cuenta que Yaro caminaba al norte y no al sur como tanto él quería.

De esta manera, Yaro se acercaba cada vez más a su destino real de nuestra fascinante historia.

Capítulo 2

LOS MARAKUAS

¡Ahh! El reino del sur. Sus fronteras son el litoral costero, las playas y los palmares en la región sur del mundo de Errex. Para entrar y conocer más de este reino, debes estar dispuesto a sumergirte en las profundidades del Mar Akuas. Sí, eso mismo dije y más que sumergirte debes estar bien preparado para aguantar la respiración. A menos que seas un Marakuas, sólo así entonces no tendrás problemas para conocer todo lo referente a este reino. Reino que posee siete princesas y cero reinas. Es aquí en el sur donde conoceremos a una de ellas y les aseguro que te identificarás con la princesa Kiara.

Kiara, es la menor de las siete hermanas princesas. Ellas son mejor conocidas como las siete mares. Título otorgado por Araki hace más de quince años, quien fue la Kandace (reina) del sur y madre de estas siete princesas. Al decir que Kiara es la menor, no necesariamente significa que sea la menos capacitada o la menos valiente entre las otras seis. El por qué digo esto de la joven aventurera, será precisamente lo que les revelaré a continuación.

Kiara tiene una amiga fuera del castillo que lleva de nombre Marie, que se parece tanto y tanto a ella, a tal punto que sus hermanas no logran ver la diferencia entre ambas. Pero su padre Arikel es el único en todo el reino sur que logra diferenciarlas. Ellas son como dos gotas de agua. Esto lo aprovechan bien, cambiándose y haciéndose pasar la una por la otra y viceversa. De esta manera, Marie (la plebeya), aprovecha la vida extravagante de una princesa, disfrutando de todos los lujos y manjares al máximo, mientras que Kiara sale de su aburrida y rutinaria vida en el castillo, para encontrar todo un mundo de aventuras inimaginables en las afueras del Mar Akuas.

Entonces, no estaría demás el cuestionarnos, ¿porqué es tan aburrido para Kiara, el vivir como una princesa en un castillo? Para contestarnos esta pregunta miremos con detenimiento como es la vida de los marakuas.

El reino del sur comprende la región que cubre todo el Mar Akuas del mundo de Errex. El castillo Koral se encuentra sobre una gigantesca roca, que por quince largos años lleva sumergida en algún punto de las profundidades de este mar. Durante mucho tiempo fué una isla sobre el nivel del mar pero todo cambió el Día Z.

Sus habitantes son conocidos como los marakuas. Su piel es translúcida pues tienen un gran parecido a la piel cambiante de los calamares. Son una raza tipo anfibio. Esto es así , ya que pueden vivir tanto fuera del agua (en la superficie terrestre) como también en las profundidades del mar, los ríos o lagos. Su aspecto físico es de un humanoide cuando no están dentro del agua, en cambio cuando entran a las aguas cambian de forma. De manera que le salen escamas en toda su piel. También en las manos y pies se les forman unas membranas, para así nadar con mayor facilidad y velocidad. No tienen colas, repito, no tienen colas. Por lo tanto no son sirenas como quizás llegaste a pensar por unos sekronnox. Pueden también respirar dentro del agua, gracias a sus agallas que se encuentran detrás de las orejas tipo aletas. Pueden vivir de cien a ciento cincuenta años de edad aproximadamente. Su estatura promedio es de cinco a seis pies de alto. Claro está, es el sexo femenino quien domina como alfa. O sea que, en el sur las chicas son las que mandan. Ellas ganan en número de siete a uno a los marakuas masculinos.

Pero por quince años no ha surgido la reina que sustituirá a Araki desde que esta murió el Día Z. Por lo tanto están en la espera de coronar a una de las siete mares, ya que por tradición en este reino sólo podrá ser Kandase aquella que, de entre las siete, sea escogida por la misma arma "Agua del Sur". Lo que ha provocado que el Consejo de las Valientes del Sur estén actualmente gobernando y dirigiendo al pueblo anfibio.

Por el momento este consejo es presidido por Marak, tía de las princesas y hermanastra de Araki.

Arikel le ha prohibido a las princesas que salgan de los límites establecidos del castillo Koral y mucho menos que vayan a la superficie de la tierra. Para así, evitar cualquier situación que ponga en peligro a alguna de ellas. Esto es así desde el Día Z cuando hubo la "Rebelión de Ruggio".

Es importante además, el reconocer que las marakuas son una raza que ya casi no se les vé en estos tiempos, ya que no salen con la frecuencia de

antes a las afueras de su reino. Han preferido en su mayoría mantenerse escondidas en las profundidades y no mezclarse tanto con los demás habitantes de Errex, mucho menos con los kan-kan. Así que es muy difícil ver a una marakua siendo amiga de un kan-kan. Todo gracias al daño irreparable causado por Ruggio. Por esto los acuerdos de paz entre el norte y el sur están condicionados hasta el momento, a no ser de que surja la nueva Kandace en el sur y ésta logre un nuevo acuerdo de paz con el norte.

Es el año quince después de Z. Una vez más estamos por recibir la primavera y como ya es de costumbre, comienzan los preparativos de la conmemoración de la paz en todo Errex. Por lo que se llevan a cabo las Fiestas del Norte.

Las Fiestas del Norte son fiestas de pueblo, donde se reúnen todos los reinos y habitantes de Errex en el norte para celebrar el día en que vencieron a Ruggio. Día que marcó el fín de una era y el comienzo de otra. Pero sobre todo, es el momento perfecto para que la princesa Kiara, cambie de rol con su amiga Marie una vez más, para que la sustituya como princesa en el reino del sur. Así ella podría escapar al norte y disfrutar de las fiestas.

Kiara, burlando la seguridad de los guardias del castillo y a sus hermanas, se sale con la suya hasta llegar al sitio acordado con Marie y logran encontrarse.

"Marie!" -le dice Kiara muy emocionada- "He estado esperando por este día todo el año! Que bueno que llegastes!"

Marie le toma de las manos y se abrazan. Parecía que se miraban en un espejo, por la similitud que ambas compartían. La misma estatura, los mismos hermosos ojos de color verde esmeralda. El mismo color de pelo negro con las puntas en azul turquesa. Igualitas hasta en sus escamas. Eran como dos gotas de agua.

"Pues yo también deseaba que llegara este día." -le contesta Marie- "Tanto así que hasta me acerqué al castillo. Pero fue un grave error de mi parte ya que unas hermanas tuyas me alcanzaron a ver y creyeron que eras tú. Por lo tanto avisaron a dos guardias, los cuales me llevan buscando por bastante tiempo y he tenido que esconderme de ellos."

Mientras hablaban, Kiara recordaba el momento de hace tan solo dos años cuando se encontró a Marie por primera vez en las cercanías del castillo Koral y pudo lograr exitosamente asistir a las fiestas.

Todo sucedió en un momento de aburrimiento, pues las hermanas mayores de Kiara por lo general la ignoraban por simplemente ser la menor. No jugaban con ella y por eso ella siempre tenía que arreglárselas a solas dando riendas sueltas a su imaginación, o simplemente mataba el tiempo entrenando con la lanza. (Lo cual había producido de ella una marakua experta y muy diestra en esta arma a su temprana edad. A nivel que sobrepasaba a sus hermanas mayores y para Arikel, esto le hacía recordar mucho a Araki la madre de ella.)

Aquella primera vez Marie se acercó al castillo Koral, ella era una marakua que siempre soñaba con vivir como una princesa. Iba buscando de alguna manera o al menos poder ver a lo lejos a las princesas sin pensar que ese día se encontraría con Kiara. Así fue , como ambas se conocieron y desde entonces Marie y la princesa Kiara cambian roles de tiempo en tiempo para cada una disfrutar y salir de lo aburrido que dicen que viven la una y la otra.

Volviendo del recuerdo de Kiara a la escena presente, mientras ellas dialogan y se saludaban, escuchan que se acercaban las guardias buscando a Marie la cual confundieron con la princesa Kiara. Las guardias que persiguen supuestamente a Kiara se acercaban cada vez más a donde estaban ellas.

"¿Dónde estará?" "Si fué por aquí que la vimos nadar." -se preguntaban las guardias-

"Rápido, toma mi tiara y mi capa, y no hables, que yo me encargo de ellos" -le decía Kiara a Marie- "Y tu, dame tu capa y tu pañuelo que me cubriré el rostro con él."

De repente...

"¡Ahí está!" -dicen los guardias al ver a la supuesta princesa hablando con otra marakua que tenía el rostro cubierto.

Mientras se acercan los guardias Kiara les pasa por el lado y cambia su tono de voz a uno un poco más grave.

"Ehh, ¿guardias? ¿No es esa la princesa del sur? Creo que por motivos de seguridad, ella debería estar en el castillo. Y ustedes dos serán responsables si algo le sucede estando tan lejos de los límites establecidos por Arikel!" -les decía mientras señalaba a Marie quien llevaba puesta su tiara de princesa en la cabeza y su capa real, indicando que Marie era la princesa Kiara.

Una sonrisa de Marie lo decía todo mientras los guardias se apresuraban para llevarle de vuelta al castillo.

Así nuestra astuta princesa Kiara se las ingeniaba una vez más para lograr salirse con la suya y nadar a una aventura fuera del reino del sur la cual nunca en su vida olvidará jamás.

Capítulo 3

LOS AQWILLAS

Bienvenidos al Reino del Este, es aquí donde nacen los vientos. Donde en su horizonte se levanta cada mañana la pequeña y potente estrella dorada como un sol llamada Vicky. Que con su calorcito mañanero va despertando a todo ser viviente de Errex. Es aquí donde en tierras flotantes sobre las nubes se camina. No cualquier raza o criatura logra llegar aquí, ni al menos a sus fronteras, a menos que utilicen algún medio de transporte volador. Este reino es el hogar o debería decir el nido para todo "Aqwilla".

Los aqwillas son criaturas humanoides con dos grandes alas como de águilas . Son la raza más alta entre las cuatro razas principales de Errex. Llegando a alcanzar una estatura promedio de unos ocho pies de alto. Sus orejas son puntiagudas y de rostro muy perfilado. Tienen cabellera muy larga.

Sus rostros, bocas, brazos, manos y piernas son como las de un humano. El color de los ojos que predominan son los tonos de azul y verde. El color de las plumas determinan el linaje entre ellos. Por ejemplo la familia real posee plumas de color dorado y diamante. En sus antebrazos y pantorrillas también tienen plumas.

Pero más importante que su aspecto físico, son los valores morales y espirituales de los aqwillas. Valores como la unidad y la esperanza, que tienen como base y fundamento en todos sus asuntos.

Este reino es gobernado por el Duke Ovy y su amada esposa Jesika y junto a ellos están sus dos hijas mellizas Nahy y JesNahy. Nahy es la mayor de las gemelas por tan sólo sekronnox, pues fue ella la que agrietó primero el huevo. Ya que por sorpresa para los Dukes, un solo huevo en el nido real contenía a las dos pequeñas.

Nahy es muy discreta y toda una joven con modales ,siendo así modelo para su hermana JesNahy. Pero por el contrario la menor es casi un dolor de cabeza. No mal entiendan lo que les digo. No es porque sea mala hija ni mala hermana; más bien por ser una aqwilla muy traviesa. Pues JesNahy suele esquivar las clases y los entrenamientos, para jugar a las escondidas por todo el palacio.

Ellas se aman, pero como hermanas discuten mucho por quien tiene la razón y quién no. Aunque son gemelas idénticas, la realidad es que son dos almas totalmente diferentes. Nahy es tímida y respetuosa mientras que JesNahy es atrevida y dispara de la baqueta al hablar, o sea que no lo piensa dos veces para decir lo que siente y lo que no le agrada. Como el refrán que tanto dicen en el reino del este, "ella no tiene plumas en la lengua".

Son jóvenes de treinta años de edad, pero para esta raza ellas son relativamente jóvenes, ya que esta es la segunda raza más longeva entre las cuatro principales de Errex. Llegando a alcanzar hasta los doscientos años de edad. O sea que, serían como unas adolescentes de entre los catorce a dieciséis años de edad en comparación con los kan-kan y los marakuas. Ésto también se debe a que son una raza muy dedicada por llevar dietas estrictas de alimentos de verduras y frutas que solo cultivan en su reino. Sobre todo, gracias a su pasión por cuidar su físico con ejercicios y entrenamientos para mantenerse saludables.

Ambas tienen siete pies de estatura. Visten iguales pero con colores alternados. Sus cabellos son de color rojo y las plumas son de color diamante con puntas doradas. También a Nahy le gusta tener su pelo lacio, largo y dejarlo suelto. Mientras que a JesNahy le encanta el pelo más corto y recogido en trenzas. Por lo general ellas siempre buscan como no parecerse tanto para que así nadie las confunda. Ambas tienen un ojo verde y otro azul. El ojo derecho de Nahy es azul y el izquierdo es verde. Mientras que, en el caso de JesNahy es vise-versa, el derecho es verde y el izquierdo es azul. Si alguna diferencia hubiera entre ambas en cuanto al físico sería éste y el pelo.

Ellas son las candidatas al Arma de Viento y es por eso que Nahy mantiene temple para serlo. No así , JesNahy quien demuestra cierto desinterés al título que aún posee su padre Ovy.

Las hermanas mellizas juegan a las escondidas, pero ya se les hacía tarde y tienen que ir nuevamente a clases.

"¡JESNAHY!" -grita Nahy una y otra vez- "¿Dónde estará esta pichoncita? De seguro sigue escondida para no ir a las clases. Deja que papá se entere de que otra vez está tratando de esquivar las clases, no le van a quedar plumas en sus alas."

"¡JESNAHY!" -seguía gritando ella mientras buscaba por todos lados y los largos pasillos del palacio a su traviesa hermana- "YA SE ACABÓ EL JUEGUITO. VAMOS A LLEGAR TARDE OTRA VEZ A LAS CLASES POR CULPA TUYA. AHHH RRGG."

Mientras tanto, ocultándose de su hermana, JesNahy guardaba silencio y aguanta la risa detrás de una columna. Esperando el momento preciso en que Nahy entrara al pasillo que lleva al cuarto de sus padres. Cuando de momento se percata de que alguien se aproxima, y al ver la sombra de un aqwilla entrando por los pasillos pensó que era su hermana Nahy.

"¡BOO!" -gritó JesNahy y se reía a carcajadas- "Jajaja, Jajaja."

"¡Oh ouch!" -JesNahy mira un tanto temerosa. Y lentamente alzando su mirada se dio cuenta que estaba ante unos pies y piernas muy grandes para ser los de su hermana.

"¡Hola, ...papá!" -dice ella.

No era Nahy quien entraba por el pasillo, si nó su padre Ovy y por la cara que tenía no parecía estar para bromas.

"¡JesNahy! -le dice Ovy- Tu madre y yo llevamos rato buscándote y tú no haces más que jugando a las escondidas?"

El Duke Ovy, es un aqwilla de ocho pies de altura y de unos ochenta años. De impresionante corpulencia y fortaleza. Es de carácter muy serio y sobretodo muy sabio al hablar. Nunca expresar palabra alguna sin antes pensar lo que ha de decir. Sus alas son completamente doradas, su tez es un tono café y sus ojos azules como el azul del cielo. Posee una cabellera larga, pero en la parte superior de su cabeza es calva. Esto es señal de sabiduría entre los de su raza.

"Ehh... Lo siento papá." -le contestó JesNahy- "Yo solo quería..."

"¿Con que ahí estabas? Papá te va a castigar. ¿Verdad papá?" -les interrumpió Nahy la conversación, quien al fin daba con su hermana escondida.

Nahy, como ya estaba molesta y cansada de tanto buscar a JesNahy, entendía que su hermana merecía un castigo. Lo que provocó que se pusieran a discutir sobre tal castigo.

"Pero, -le contestaba JesNahy- es que quien debe ser castigada en todo caso eres tú. Por no encontrarme a tiempo, sabiendo que ya era hora de clases. Así que, perdistes en el juego de escondidas una vez más. Y por eso yo elijo tu castigo. Por lo tanto, no irás a las Fiestas del Norte."

"¿AHH?" -se enfureció Nahy y le dijo: "No es mi culpa pues tú también sabías que ya era hora de clases y seguías escondida."

"Vez papi lindo." -JesNahy se dirige a su papá- "Que tras que pierde jugando a las escondidas quiere culparme a mí. Si fué ella la culpable porque no me encontró a tiempo y además ella no sabe perder."

"¿QUÉ? -le responde Nahy- ¿CÓMO QUE NO SÉ PERDER? Serás tú la que no sabes perder y la que no irás a las Fiestas del Norte. ¿Verdad papá?"

Y así seguían culpandose una a la otra, hasta que...

"¡BASTA! -gritó Ovy- Ustedes ya no son dos
pichoncitas. ¡Compórtense!

¿Qué les he dicho una y otra vez? -continúo su papá-
A ver... ¿Qué les he enseñado?"

Ambas hermanas hacían silencio y se ponían una
frente a la otra, parecían estar mirándose al espejo,
para escuchar a su padre hablar. Entendiendo muy
bien a qué se refería su padre Ovy se decían:

"Uno." -decía Nahy.

"Más uno." -decía JesNahy.

"Así no." -les detiene Ovy- "¡Vamos! ¿Qué les he
dicho? ¿Cómo es que se dice?"

Y ambas bien sincronizadas. Al unísono dicen:

"Uno más uno, es uno".

"Otra vez. Y más fuerte."- dice Ovy.

"¡UNO MÁS UNO ES UNO!".

"Lo sentimos mucho papá." -se disculpaban las dos
con su padre.

Pero... ¿qué secreto encierra esta frase tan poderosa? Porque matemáticamente no tiene lógica. Esto es algo más que matemáticas, que desde muy pequeñitas se les ha enseñado, esto es el valor de la unidad. Las mellizas tienen que estar unidas. Ellas comparten la responsabilidad de llegar al título de Viento del Este.

"¡Ninguna de las dos será castigada!" -les decía otra voz que provenía de alguien que se acercaba por el pasillo volando hasta llegar a ellas.

"¿Qué?" -decían nuevamente a coro, sorprendidas mientras reconocían que esa voz era la de nada más y nada menos que la de su madre.

"Ambas asistirán a las Fiestas del Norte. Ustedes serán allí presentadas para el título de Viento del Este" -añadía Jesika, su madre, quien llegaba para darles las buenas noticias.

La Dukesa Jesika, es una aquwilla de siete pies y medio y de ochenta años. De extremada belleza y de un carácter sencillo y amoroso. No en vano cautivó el corazón del Duke. Si su belleza es uno de los atributos que más le cautivaron, mayor fue al ver su destreza de combate en balística. Así que, les recomiendo que nunca la hagan enfurecer. Sus alas son también doradas. Su color de piel también es de color cafe y sus ojos de color verde como la esmeralda.

Ambas princesas gritaban muy emocionadas. Se abrazaban en el aire y besaban a sus padres, pues estaban muy sorprendidas tras la gran noticia que tanto deseaban escuchar. Desde muy temprana edad han estado preparándose para este día, en especial Nahy que tanto añora ese título. Además se emocionan aún más ya que no están castigadas, cosa que a JesNahy le interesaba más que el mismo título, ya que se salvaría de dicho castigo y por nada del mundo se quería perder las Fiestas del Norte.

Todo aparenta estar en perfecto orden y armonía para los habitantes del Nido Aqwilla. Por lo tanto, será mejor comenzar a prepararse para volar al norte lo antes posible, pues "Las Fiestas del Norte" prometen mucho para nuestros nuevos amigos del Reino del Este.

Capítulo 4

LOS SAU'REX

"AHH! EIAA! UAHH!" -son los gritos de un joven sau'rex, que está luchando contra otro.

Pero este otro, es uno muy anciano y sobretodo está con los ojos vendados. Cualquiera pensaría que no es justo que un joven sau'rex luche contra uno anciano, ya que sería hasta en cierta manera un abuso. Tranquilos, no se preocupe nadie, porque cada uno de los golpes lanzados por el más joven, son muy bien interceptados por su abuelo y maestro en artes marciales de combate cercano, el patriarca Phellix.

"Te enfocas demasiado en tu ofensiva!" -le dice Phellix a su nieto sin dejar de bloquear todos y cada uno de los ataques- "No me parece que luchó con el Llaphet que tanto conozco. Es más, creo que estás muy tenso, o algo te está causando distracción y te está sacando de concentración. ¿Será acaso que te preocupas demasiado por tu hermana Llennipher O es que acaso, ya se te olvidó hasta cómo pelear?"

A pesar de que el anciano no paraba de hablar, tampoco dejaba de bloquear cada ataque lanzado contra él y todo esfuerzo del joven resultaba infructuoso.

"¡Ah!" -se quejaba Llaphet.- "¡Es que ... tú ... eres impenetrable!" "¡Ya verás! Uahh!"

Aún así, seguía tratando de conectar alguno de sus puños, patadas o latigazos de cola, el joven saurex llamado Llaphet.

Los Sau'rex son la raza principal tipo reptiliana que dominan en la región desértica del oeste de Errex. Tienen una piel casi impenetrable y poseen la habilidad de camuflaje, tipo camaleón, para burlar de ser necesario a cualquier contrincante. Por lo general mantienen su piel con colores oscuros de tonos verde ó tonos color café. A pesar de tener aspecto reptiliano es importante señalar que también al igual que las otras razas son humanoides. Caminan erguidos en 2 patas y tienen cola de lagarto. Tienen 3 dedos en las manos y en los pies. Son aborígenes que viven en tribus a lo largo de todo el desierto y la zona rocosa en la región del oeste del mundo de Errex.

Están divididos en dos grupos; los sabios y los guerreros. Son muy diestros en la cacería de insectikios y por lo general se alimentan de ellos. Otros solo de vegetilios, es muy raro ver a un sau'rex comer carne y no es que no la coman del todo, más bien es que no es común dentro de su predilección. Son de mediana estatura, de unos cuatro a cinco pies de alto por lo general. Pero en el caso de Llaphet no es así, ya que dentro de la estatura promedio de su raza, es considerablemente pequeño. Pero esto no es impedimento para él, pues posee un gran corazón y espíritu de guerrero. Esto lo lleva en la sangre y solo su abuelo le sobrepasa en todo el oeste en cuanto a las artes de combate cuerpo a cuerpo.

Llaphet no solo es el segundo mejor combatiente en todo el oeste, él posee el título de jefe de las doce tribus mejor conocido como "Sak'Eki". Él también es el "Arma Puños de Tierra" más joven en la historia de los saurex. Es descendiente de los linajes más élites que existen en su raza. De grandes guerreros como su abuelo y de los sabios de los libros como lo es su abuela. Estos últimos son los que atesoran los registros históricos y sagrados del mundo Errex y son separados al nacer para dedicarlos a este llamado espiritual. Por tanto, él carga sobre sus hombros: un gran peso, una gran responsabilidad y compromiso ante las 12 tribus , ante los demás reinos y gobiernos de todo Errex. Esto es una posición que él sabe que debe cuidar y mantener con mucho orgullo y mucha honra.

Llaphet es el hijo de los Guerreros Guannda y Lhando y hermano de Llennipher la doncella más hermosa y más aclamada entre los sau'rex. A quien él cela con su vida, ya que al faltar su padre por lo sucedido en el Día Z, siente mayor responsabilidad por ella. Por eso, su abuelo Phellix, se aprovecha para tomar ventaja en su práctica de entrenamiento al hacerle el comentario sobre su hermana, para ver si lo logra desconcentrar del todo.

"Recuerda siempre que la defensa..." - le dice su abuelo- "...es tu mejor ofensiva! -le añadía Llaphet.

Y de inmediato su abuelo lo derriba contra el suelo, tras bloquear otro fallido intento de su nieto.

"No se trata de que solo conozcas mis dichos, mi querido nieto..." -le decía su abuelo mientras extendía su mano para levantarlo- "...si nó de que los hagas tuyos y los pongas en acción."

"¡Sak'Eki!" -interrumpen dos sau'rex embajadores, que al llegar se inclinan ante Llaphet, quien aún se encontraba levantándose y sacudiéndose el polvo, tras ser derribado por su abuelo. Mientras que Phellix se quita las vendas de sus ojos, toma el bastón de sus espaldas y se pone un cuerno taurino en uno de sus oídos, para prestar atención a lo que han de decir estos dos embajadores.

"Disculpa la demora Sak'Eki." -dice el sau'rex de la derecha- "No fue nuestra intención atrasarnos."

"No se preocupen por eso."
-le contestó Llaphet- "¿Lograron ir al norte y entregaron nuestra propuesta para la seguridad en las fiestas?"

"Sí, Señor." -contestó nuevamente el de la derecha-
"También fueron aceptados los términos tal y como
usted los quería."

"Muy bien." -le dijo Llaphet- "Gracias, entonces
pueden retirarse."

Pero dándole un codazo el sau'rex de la izquierda al
de la derecha, susurra algo a su oído que no puede
comprender Llaphet. Aunque Phellix, con su cuerno en
el oído, parecía haber captado el susurro.

"Parece que hay algo más que debe ser informado." -
le dice Phellix a Llaphet.

"Shhh!" -le dijo el de la derecha al de la izquierda
mientras Phellix le hablaba a Llaphet- "No sigas, no
seas tonto, no hay que molestar al Sak'Eki con eso."

"¿Con que?" -preguntó Llaphet muy intrigado.

"No mi Señor, no es nada."
-volvió y dijo el de la derecha- "No es de gran
importancia."

"¡Sí que lo és!" -exclamó el de la izquierda de manera
que insistía que era necesario informarle al Sak'Eki.

"Pues habla tú." -dijo Llaphet, refiriéndose al de la
izquierda.

"Señor."-dijo él- "Es que mientras veníamos de regreso del castillo Kan-Kan fuimos atacados por dos ladrones."

"¡Oh!" -dijo Llaphet- "Pero... ¿ustedes están bien o sucedió algo?"

"No para nada. Nosotros no sufrimos daño, solo una roedora nos logró quitar algo de dinero." -le contestó.

"Ah, pues entonces daré la orden para que le restituyan el dinero robado." -dijo Llaphet.

"Mi Señor. -continuó diciendo- El detalle no es que si nos robaron dinero, más bien, es que el otro ladrón no era de la raza roedoro como es de costumbre encontrarse a uno en esa zona. Si nó, que era un joven de aspecto kan-kan de unos catorce a dieciséis años. Aunque llevaba el rostro cubierto y ropas que le cubrían gran parte, no se podía ver bien el color de su pelaje. Además escuchamos cuando la roedora le llamó por su nombre y fué ahí precisamente que pensé por unos segundos que podía interesarle aún más lo que le estoy contando."

"¿Qué? ¿Cuál es el nombre de ese otro ladrón?" -le insistía Llaphet, dando a entender que lo que le estaban revelando era una información de suma importancia para todos en Errex.

Phellix atando cabos sueltos en su mente, tampoco podía creer lo que escuchaban sus oídos. Pero esta vez sin la necesidad de hacer uso del cuerno taurino; al ser mencionado el nombre del segundo ladrón por el embajador, tanto Llaphet como Phellix se miraron muy sorprendidos. Con una mirada esperanzadora de que todo lo que le contaba fuera cierto.

"¿Es en serio lo que me estás contando? ¿No me estás engañando con tus palabras?" -dijo un muy sorprendido Llaphet al escuchar el nombre que alegaba el embajador de la izquierda.

El embajador de la izquierda muy temeroso bajó su rostro y se inclinó nuevamente.

"Nó, mi Señor." -interrumpió el embajador de la derecha- "Yo también escuché a la roedora llamarle por ese nombre y soy testigo de que todo lo sucedido es muy cierto."

"Ok. Necesito que me cuenten con lujo de detalles todo respecto a lo sucedido. Porque si es así, hay que dar con él lo antes posible." -indicaba Llaphet.

"Habrá que dar aviso al Duke Ovy en el este." -recomendaba Phellix a Llaphet- "Pero en el sur no creo que tengamos a alguien interesado en esta noticia."

"Tranquilo abuelo, yo tengo a la marakua perfecta para confiarle esta información y conociéndola yo sé que no nos fallará." -dijo Llaphet.

Así, con esta gran noticia en poder de Llaphet, era de gran urgencia trazar un plan estratégico para dar con este joven kan-kan.

Poco a poco cada pieza del rompecabezas de nuestra historia va cayendo una a una en su lugar.

Capítulo 5

"ZOMBRA"... DETRÁS DEL TRONO

¡Ahh Errex! Cuanta hermosura hay en tus praderas de la Región Central. Cuántos misterios escondes de éste, tu narrador de fantasías. Cuántos lugares deseosos por ser explorados y por ser descubiertos. Éstos son los misteriosos lugares que esperan con paciencia, a la osadía de este simple cuentista, que les narra hasta lo más mínimo de este mundo sin fin. Así que voy a describirles brevemente algunos de los muchos datos que encontramos en esta Región Central de Errex.

La Región Central del mundo de Errex, es una vasta región llena de espectaculares vistas. De extensos valles y grandes colinas. De bosques encantados, ciudades antiguas y aldeas poco pobladas, pero sobretodo, es la región mejor conocida como el "Eterno Verano". Ya que posee temperaturas ambientales de tipo tropical. El porqué es importante conocer acerca de esta región, es por varias razones. Una de ellas es, porque a pesar de que esta región es la única que no es dominada por los reinos que ya conocemos, es la región que las mantiene conectadas. Esto es así

gracias al camino principal que rodea el borde de toda
la región mejor conocida como "La Vereda de Los
Cuatro Reinos". Woao! Pero que nombre mas largo y
aburrido suena. Así que, para que su nombre no suene
tan aburrido, nosotros lo llamaremos como todos a lo
largo y ancho de Errex le llaman, "El Camino".

El Camino, está diseñado de tal forma, que cualquier
habitante de Errex puede lograr con éxito llegar y
comunicarse con los cuatro reinos. El Camino, es uno
lleno de vida, pues a lo largo de toda la vereda,
encontramos aldeas y hasta ciudades. Por lo tanto,
mientras más cerca te mantengas de El Camino más
vida encontrarás. Pero, si te alejas de él será todo lo
contrario. Mi recomendación siempre será, que no te
alejes nunca de "El Camino".

En esta Región Central, también encontraremos
muchas otras razas, (¿CÓMO?) Sip, más razas, que a
pesar de no ser tan civilizadas o razas principales, son
muy esenciales para todo el mundo de Errex. Su
aportación a este mundo es vital en todos los sentidos.
Para mencionar solo algunas de ellas, podemos
nombrar razas tales como; los Misu'misu, los Oinks, los
Roedoros, los Aviex y muchas pero muchas más. Qué
son las razas que por lo general habitan aquí. Es un
terreno hostil para aquellos que no lo conocen, pues
parece ser, que la ley del más fuerte (o el más astuto)
sobrevive, es la que se aplica en esta región. Así que, si
alguien conoce bien cómo sobrevivir aquí, lo es nuestro
amigo, Yaro y también nuestro amigo Ratta'tax. Pero

tranquilos , que no todo es hostil en esta región, ya que antiguas leyendas aseguran que un pedazo de cielo mejor conocido como el "Jedden" se encuentra escondido en algún lugar de la Región Central. Pero no nos apresuremos tanto, ya tendremos tiempo más adelante para hablar acerca del Jedden. Por ahora, hay que enfocarnos en un misterioso acontecimiento aún más importante que todo el misterio que hay en la Región Central de Errex. Me refiero al misterioso día que desató la llamada Rebelión de Ruggio. Para eso, si me lo permiten, tendremos que ir al pasado una vez más. Precisamente tendremos que ir quince años y tres meses antes del día Z. Este es el día que Zombra tienta a Ruggio.

~ Pasado - 3 Meses a.Z. ~

Ruggio, capitán de los escuadrones del norte se encuentra en su recámara en medio de un horrible sueño. Más que todo, es una pesadilla que le ha atormentado de tiempo en tiempo desde su juventud.

En terror nocturno una espantosa y extraña sombra se mueve y se cuela entre los pasillos del Castillo Kan-Kan. Pareciera más bien una sombra escurridiza que llega hasta la puerta de uno de los cuartos.

Por muchos años él había tenido este sueño, el cual terminaba frente a la puerta de su habitación y despertaba muy asustado. Pero en esta ocasión la pesadilla continuaba, pues no lograba despertar de la misma.

Ruggio, en el sueño, persigue y le guarda distancia a la sombra escurridiza, para ver qué era lo que tramaba. Muy cauteloso se da cuenta que la sombra se detiene en el largo pasillo. Nota que la sombra se materializaba tomando la silueta o forma como la de un kan-kan enorme, con unas garras espantosas, pero no lograba verle bien su rostro. Al detenerse en el pasillo, la horrenda figura queda frente a la puerta de su cuarto y con una de sus garras rasguña la puerta. No despertando del horrible sueño, vé que la horrible bestia sigue hasta el final del pasillo entrando así a la sala principal donde está el trono de su padre Raiión. Ruggio la pierde de vista y se detiene frente a la puerta de su cuarto rasguñada y la misma se encuentra un poco abierta. Empujando la puerta entra al cuarto. Al entrar ya no parecía más su cuarto de dormitorio, sino más bien la habitación de su hijo Adrián que estaba por cumplir los 3 años de edad. Camina hasta la cama del menor pero no lo vé en su camita. Esto lo incomoda y lo confunde pues pensó que podría estar el niño en peligro. Cuando de repente lo escucha llorar afuera de la habitación. Sin pensarlo dos veces sale corriendo muy desesperado fuera del cuarto y otra vez se encuentra en el pasillo. Pero su hijo Adrián no está en el pasillo y esto lo preocupa y lo confunde aún más.

Escucha llorar nuevamente a su hijo pero ahora el llanto proviene de la sala del trono donde precisamente vió a la bestia entrar. Corre muy desesperado y entra a la sala principal del trono pero ya no lo escucha llorar más. Y al tornar su mirada al trono del rey, vé al pequeño dormido en los brazos de la horrible bestia. La bestia estaba sentada en el trono de Raiion su padre.

Era de aspecto de un kan-kan, pero parecía un tanto deforme y la oscuridad que lo cubría era de tal manera, que no se le podía ver bien el rostro. Era de grandes orejas, pero logró notar a pesar de la oscuridad que lo cubría, que su pelaje era rojizo, como si perteneciera al linaje real. Sus ojos también eran rojos como en fuego y brillaban en medio de aquella oscuridad que cubría su rostro. Sus manos eran más bien grandes garras, más no lastimaban al pequeño. Su hocico con grandes y horribles dientes.

"¿QUIÉN ERES?" -le pregunta Ruggio, gritando muy espantado a la bestia- "¿QUÉ HACES CON MI HIJO EN TUS GARRAS¿ Y... ¿POR QUÉ TE SIENTAS EN MI TRONO?"

"Con que tu trono... ¿Ehh?" -le contestó la bestia con una voz serena pero de tono muy grave y tenebroso y le continúa hablando- "Éste no és tu trono aún y tampoco lo será. Yo soy Zombra, el Señor de la Oscuridad. He venido solo para darte un aviso, ó más que un aviso, he venido para hacerte una proposición. Únete a mí, y me

asegurharé de entregarte todos los reinos de este
mundo"

"¡CÁLLATE! No te permito que me hables y mucho
menos caeré en tus trampas." -le dice Ruggio- "Tú solo
hablas mentiras a las mentes mortales. Había
escuchado hablar de tí antes, cuando aún era muy
pequeño y siempre pensé que eran fábulas, pero ya veo
que no era casualidad lo de mis sueños..."

"Pronto sabrás que te hablo con la verdad. Tu padre
Raiion no te cree capaz para que seas su sucesor y
Arma Fuego del Norte. Él ama más a tu hermano Reiix
que a tí, y eso tú lo sabes muy bien. Es a él, a quien
quiere como nuevo rey del norte y su nieto que nace en
tres meses, acabará con tu futuro y el de tu pequeño." -
le dijo Zombra.

"¡BASTA!" -le grita Ruggio muy enfurecido- "¡YA
BASTA DE ENGAÑOS!"

Zombra se levanta del trono y coloca en el suelo
lentamente al pequeño, de momento parecía que el
trazo de la sombra que dejaba Adrián en el piso, era la
misma bestia. Adrián rompió en llanto, pues se había
despertado con los gritos de su propio padre. Un muy
asustado Adrián camina hasta los brazos de su padre.
Ruggio le abraza y le carga en sus brazos sin perder de
vista a Zombra, quien se alejaba tras la silla del trono.

"El nacimiento de tu sobrino...," -le decía la bestia, mientras se desvanecía como una sombra detrás del trono- "...dará paso a que tu hermano Reiix se corone como el nuevo Rey del Norte. Si te unes a mí, no lo permitiré y juntos aseguraremos tu coronación y el futuro de tu hijo Adrian."

"Estamos a sólo unas semanas para nuestra conmemoración de la paz "Las Fiestas del Norte." -El joven Adrián se dirige en asamblea junto a los delegados y embajadores de los diferentes reinos y gobiernos- (Todos aplauden al príncipe del norte). "Como todos conocen," -continuó diciendo- "celebraremos nuestro quinceavo aniversario. Pero este año no será para menos, pues lo celebraremos en grande. Ya que estaremos elevando al título de Viento del Este a las mellizas... ehh..."

"Nahy y JesNahy, su majestad." -le decía un kan-kan llamado Jotta Erre, que además de ser un importante ingeniero del reino del norte también es uno de los principales consejeros de Reiix, recordando así, al príncipe, los nombres de las mellizas, ya que el príncipe no estaba muy familiarizado con ellas y además no le importaba mucho, pues ni siquiera se molestaba en conocerlas.

"Ah, sí. Me refiero a Nahy y a su hermana JesNahy, ya sea una o la otra la que decidan nombrar."

(Vuelven los aplausos aunque esta vez los embajadores aqwillas no lo hicieron, pues el tono en que el príncipe Adrián se refirió a las hermanas no les gustó del todo. Ellos entienden que tradicionalmente sólo es digno de llevar el título de "Arma Viento del Este" es aquel o aquella que el mismo Arma escoja y no por la decisión manipulada de algún mortal.

"Además," -continuó diciendo Adrián en un tono muy arrogante- "el momento más esperado y anhelado por muchos. El cual dejaremos como el momento más importante y crucial de las fiestas en esa tarde. El reconocimiento y la coronación Kan-kan. Cuando yo, el príncipe del norte, sea elevado a los títulos de "Arma de Fuego" y también "Corona del Norte", así como lo ha deseado tanto mi padre Reiix."

Algunos no aplaudieron, pues conocían que Adrián no era hijo legítimo de Reiix, sino más bien de aquel traidor y vil llamado Ruggio, quien había hecho alianza con Zombra para tomar por la fuerza el trono del norte quince años atrás y que entendían que esto no era el deseo genuino del rey del norte. Otros que también conocían que solo debería ser elevado al título de Fuego del Norte aquel que fuera escogido por la misma Arma y que este título no era para alguien que se autoproclame digno del mismo.

Entre los sinsabores de unos que aún se cuestionan los argumentos del joven príncipe y otros que auguraban una digna actuación por parte de él, seguía Adrián dando las instrucciones y los detalles más pertinentes respecto a las tan anheladas Fiestas del Norte.

Pero un oscuro y macabro plan está tras bastidores. Una verdad a medias será el detonante perfecto para que Adrián sea al igual que su padre tentado por la " Zombra" que se esconde detrás del trono.

Capítulo 6

UN ENCUENTRO INESPERADO

~ Una semana antes de Las Fiestas del Norte ~

Temprano en la mañana es Vicky, quien aparece en el horizonte del este de Errex para despertar a cada ser viviente. Nuestro joven kan-kan junto a su pequeño amigo parlanchín hacen su entrada a una pequeña aldea llamada Citadela, la más cercana a las fronteras del reino del norte.

"¡Creo que hemos llegado!" -dice Yaro.

"Pues sí... pero... aguarda un segundo. Acabo de darme cuenta de algo." -añade Ratta'tax, quien se quedó dormido en el hombro de Yaro toda la noche mientras baboseaba hablando de su supuesto "Plan A" y "Plan B" y nota que algo no está bien.

"¿De qué hablas?" -le pregunta Yaro, haciéndose el que no entendía.

"De que Vicky se equivocó y está saliendo por el oeste, o me engañaste una vez más y caminamos toda la noche al norte y no al sur como habíamos acordado. Burlando así nuestro código de honor, amistad y sobretodo los acuerdos legales como socios de una reconocida empresa." -le dijo Ratta'tax, en un tono muy serio y con los ojitos cerrados.

"Reconocida empresa?" -le cuestionaba Yaro, muy sorprendido- "Además, yo nunca te traicionaría jamás en la vida. Así que muy probablemente Vicky se levantó virá o tú estás desorientado."

"Si claro, burlate de mí." -le decía Ratta'tax con ojos llorosos y la voz entrecortada- "Después... después que yo lo he sacrificado todo por tí. He dejado de ser yo para sacarte a ti hacia adelante y ahora... ¿te vas a burlar de mí? ¿Ni siquiera te importa nuestra empresa?

"Hey no llores, ni te enojes conmigo. ¿Qué?¿ Acaso vas a ponerte sentimental? Vamos amigo, que solo bromeaba contigo. Lo que ha sucedido es que muy probable no mire hacia donde caminaba anoche y perdí la ruta del camino que nos llevaba al sur terminando entonces en esta aldea del norte." -le consolaba Yaro- "Es más, en esta aldea me parece que tendremos mejor suerte. Luego volvemos al sur si quieres. Al menos aquí nadie nos conoce y eso es favorable, ya que nos buscan en más de diez aldeas a lo largo de El Camino por culpa de nuestra famosa y reconocida empresa. Entonces... ¿qué dices?"

Yaro se refería a que por culpa de estar robando a los ricos o a los comerciantes ya tenían mala fama en la Región Central de Errex. Mientras caminaban adentrándose a la aldea, sin darse cuenta ninguno de los dos, que había un letrero de los más buscados en un poste detrás de ellos con sus fotos que decía:

Recompensa: 10 mil kanes por el kan-kan y 5 centésimas de kanes por la roedora. Los kanes son la unidad de moneda más usada en el norte, pero también es la moneda más usada en todo Errex.

"¡Ok... Ok!"-contestaba Ratta'tax mientras se limpiaba sus supuestas lágrimas- "Pues continuemos con el Plan A y sino funciona usaremos el Plan B."

"Pero, cuál es el Plan A y cuál es el Plan B? -preguntaba Yaro- "Por que yo no me acuerdo ya de ninguno."

"¿Ya ves? -decía Ratta'tax- "Ahora tengo que explicarte todo desde el principio. Nunca prestas atención y luego me culpas a mí… bla, bla ,blah es plan A… y bla, bla ,blah es plan B"

Mientras Ratta'tax le discutía y le explicaba sobre el plan A y el plan B a Yaro, se escuchó un grito de auxilio muy fuerte que provenía de una joven que iba corriendo entre los mercaderes de la aldea, pues es perseguida por dos guardias marakuas. Parecía estar en grandes

aprietos y Yaro no toleraba la injusticia delante de sus
ojos.

"¡AUXILIO! ¡AYUDA!" -gritaba la joven, mientras
tropezaba con las mesas de los mercaderes de la plaza,
provocando un alboroto y un gran malestar en los que
se encontraban allí presente.

"¡ALGUIEN, POR FAVOR AYUDENME!" -volvía a
exclamar la joven suplicando por auxilio.

Yaro sale al auxilio dejando a Ratta'tax con las
palabras en la boca.

"¿HEY KANTONTO A DONDE CREES QUE
VAS? -le gritaba Ratta'tax- ¡Oh no, otra vez no! Ya va a
salvar a Errex una vez más con su porte de
superhéroe." -Ratta'tax se ponía las manos en la
cabeza y con un gesto en el rostro daba a entender que
Yaro no tenía remedio.

La joven cae al suelo tras tropezar con las mesas y
una capa que le cubría la cabeza ahora revelaba de
quien se trataba y las dos guardias marakuas le dicen:

"Lo sabíamos que eras tú. Ya no puedes seguir
huyendo. Es hora de que dejes de correr. Estás
atrapada." -dijo una de las marakuas.

"Como decimos en el sur; tanto nadar para que te
atrapen en la orilla." -dijo la otra marakua en tono un

tanto sarcástico, ya que la joven parecía haber sido
atrapada y no tenía escapatoria alguna.

"¡Aaaargh!" -Yaro gritaba sorprendiendo así a las dos
marakuas que parecían haber atrapado a la indefensa
joven y cayó sobre ellas para derribarlas de un solo
golpe.

"No soporto la injusticia y mucho menos el abuso
contra los aldeanos indefensos." -añadía Yaro, mientras
le extiende la mano a la joven, quien mantenía el rostro
cubierto con un pañuelo, pero se podía deducir que la
joven también era marakua por sus orejas tipo aletas y
las agallas detrás de las mismas.

Ratta'tax, quien persigue a Yaro hasta la escena, se
percata de que las marakuas derribadas en el suelo,
son guardias de la realeza del Reino del Sur. Se
preocupa, pues no pretende encontrar mayores
problemas y de prisa se coloca entre Yaro y ella para
persuadirlos. Así que trata de sacarle provecho a la
joven antes de que se despierten las guardias. Saca un
lápiz de su sombrero y una pequeña libreta de cobro de
su bolso ajustado a su cintura.

"¿Quién eres tú?" -le pregunta Ratta'tax a la joven que
tomando la mano de Yaro se levantaba del suelo y con
un gesto de cabeza agradeció al Kan-kan.

"..." -la joven sorprendida por Ratta'tax solo le mira y justo cuando se dispone a contestarle , Ratta'tax le interrumpe con más preguntas y comentarios.

"Nombre por favor, no ves que no tenemos todo el día?" -le insistía el roedoro.

"Me llamo..." -la joven trata de hablar pero nuevamente es interrumpida.

"¡Oh no! ¿No me digas?... ¿eres una rana?" -Ratta'tax se da cuenta de la raza de la joven.

"Lo que nos faltaba, una rana. Pues, déjame aclararte, que por el simple hecho de ayudarte con esas dos que te perseguían, tendremos que facturar... a ver... a ver... No te molestes en pedir descuento. Es una cuota ya establecida. Ah y si son ranas, el costo es aún mayor. Por que encontrarse con una rana en estos tiempos... además que su moneda es de más valor..." -Ratta'tax usaba el término de rana para referirse a los marakuas de forma despectiva. Ya que por lo general los roedoros como él son una raza inferior, marginada y despreciada de la Región Central de Errex. Por tanto, no sentía la obligación de mostrar respeto alguno hacia las razas primarias.

"Así que deja ver..., deja ver... serán como unos..." -los dedos de las pequeñas manos de Ratta'tax parecían quedarse cortos a la hora de ponerle precio a la acción tomada por su compañero Yaro a favor de la marakua.

Ella, ya cansada de escucharle hablar, se descubre su rostro y dice:

"Pagaré lo que sea. Yo soy la princesa del sur, soy Kiara, hija de la Kandace Araki y del Rey Arikel. Solo llevenme al norte y les pagaré lo que sea."

Mientras decía esto, a la distancia aparecían más guardias marakuas que la perseguían para regresar al reino del sur, ya que el último intercambio con su amiga Marie parece que no le duró mucho.

"No hay tiempo que perder. Vienen más guardias por mí y no se detendrán hasta que me encuentren.¿Me llevarán al norte si ó no?" -le preguntaba Kiara muy estresada.

Ratta'tax no le contestaba, sólo seguía sumando con sus dedos.

"¿Al norte? Pues claro que sí."-dijo Yaro.

"Hey no te adelantes Super-Kan. Todo tiene un precio y a medida que se comprometen con sus palabras yo no paro de sumar con los dedos." -añadía Ratta'tax frotando los dedos-
Además... ¿yo no entiendo por que todos quieren ir al norte?"

"Cinco mil ahora y diez mil más para cuando regresemos al sur." -dijo Kiara mientras ponía cinco monedas equivalentes a los cinco mil korales (moneda de mayor valor en Errex) en las manitas de Ratta'tax.

En Errex el valor de las monedas varía. La unidad de los korales es dos veces más que el valor de los kanes.
Al ver las monedas y escuchar que la suma de dinero propuesta por Kiara que era mucho mayor de lo que podía contar con los dedos, sus ojos se querían salir por tanta emoción. Ratta'tax parecía estar soñando, era como si se hubiera ganado el premio gordo de Errex (lotería) o hubiera encontrado un gran tesoro de los mismos marakuas.

"¡Ahora sí que estamos hablando! Tenías razón Yaro, la suerte está de nuestro lado desde que que te dije que caminemos al norte." -decía Ratta'tax, muy feliz mientras acariciaba el adelanto entregado por la princesa y Yaro lo miraba con ganas de corregirlo ya que la idea de ir al norte siempre había sido de él.

"Pues, espero que no se nos acabe la suerte mi pequeño amigo, ya que son demasiadas marakuas las que vienen tras ella, -decía Yaro muy preocupado al percatarse que tanto del este, oeste y sur de la aldea lograba distinguir los otras guardias- "y no creo poder con todas a la vez."

"Pues analizando bien la situación, creo que no funcionará ni el Plan A, ni el Plan B, en esta ocasión..." -

le decía Ratta'tax nuevamente cerrando los ojos, pues parecía tener un mejor plan- "...creo entonces, que el Plan C debe ser el más adecuado para ejecutar."

"¿Plan C? Pero y ¿cuál es ese Plan C?" -se preguntaban Yaro y Kiara mirándose uno a la otra.

"¡C O R R E R!" -gritaron los tres mientras Yaro agarraba a Kiara por una mano y Ratta'tax subía de un gran salto a su hombro, para correr a toda prisa y salir de aquel lugar.

Así se escapaban de las autoridades una vez más en dirección al norte. Pero esta vez no como dos meros ladrones, más bien como los nuevos guardaespaldas de Kiara, tras un encuentro inesperado con la princesa del sur.

Capítulo 7

VIVA EL REY

El Kronnox, es el nombre con el que se conoce el tiempo. Éste rige y dicta las temporadas, las horas, los minutos, etc. dentro del mundo de Errex. Este Kronnox nos ayuda a entender cuando ocurren las cosas y cuánto tiempo duran. Por ejemplo, las cuatro estaciones: primavera, verano, otoño e invierno, nos dictan el ciclo de un año, muy parecido al mundo real de donde provengo. La forma más facil de medir el Kronnox es a través de la salida de Vicky en las mañanas y la de Sheeba en las noches.

~ Presente - Castillo Kan-kan ~

Es la víspera del día más esperado por muchos de los habitantes del mundo de Errex. A sólo horas para que se oculte la luna la cual es llamada por el nombre de Sheeba, y termine así la noche. Para que entonces dé inicio la celebración tan añorada. Es primavera y aunque el verano acelera su llegada, no hay mejor manera para disfrutar de la primavera, que estando en el norte de Errex. Y es que en la primera madrugada de la primavera puedes ver un verdadero espectáculo de la naturaleza. Es como si fuera por así decir un momento mágico. Puedes ver la nieve como se va disipando de la noche a la mañana. Como comienzan a salir las flores y el verdor de los campos alrededor de toda la región norte que había estado cubierta por la nieve a la vez que aparece el primer rayo de Vicky en el firmamento. Y es que, después de casi seis meses de invierno, al fin se siente la brisa cálida de la llegada de la primavera el cual es sinónimo de alegría y celebración. Así que, para que esta celebración sea todo un éxito es pertinente que se lleve a cabo entre la primavera y el verano. Esto hace posible que puedan estar presente en las fiestas, cualquier habitante de cualquier raza y de cualquier región del mundo de Errex.

Todo será gozo y algarabía en "Las Fiestas del Norte". Todos los preparativos están listos. Luces de muchos colores, fuegos artificiales, máscaras, música y bailes folclóricos, actividades culturales de cada región y claro está no podrían faltar las exquisitas comidas, postres y bebidas que muchos preparaban para compartir los unos con los otros. La ceremonia protocolar que dará inicio en la mañana, marcará a una generación que se levanta con la esperanza de que perdure la paz entre todos los reinos de Errex.

Desde la plazoleta donde se llevará a cabo la ceremonia protocolar se pueden divisar los balcones del Castillo Kan-kan. Sobre todo, en el balcón de la sala del trono se logra ver a un kan-kan contemplando dicho escenario. Es un kan-kan joven y apuesto para los de su raza. Muy educado y aparenta tener un carácter de mucha arrogancia. No perdona el ser engañado ya que es muy vengativo. En adición a esto es bien engreído, creyendo merecerlo todo solo por ser "el hijo del rey". Su pelaje es rojizo, sin lugar a dudas es del linaje real. Es alto, de unos Seis pies y dos pulgadas aproximadamente. Siempre viste con las mejores ropas y su físico también se asemeja mucho al de su padre. Pues entendiendo que su padre fue un gran guerrero y un héroe del reino del norte, se ha preparado en las artes de combate de la espada. Éste es el príncipe del norte, el joven Adrián, quien se encuentra muy emocionado, mirando desde el balcón principal, pues la mañana siguiente será su gran día. Ya que su padre adoptivo y rey del norte Reiix, le había prometido entregarle los dos tesoros más preciados para su raza y los habitantes del norte. La corona real y la espada "Fuego del Norte" en la ceremonia del día de mañana.

Reiix, por causa del enfrentamiento con su hermano hace 15 años, quedó muy mal herido. Lo que ha ocasionado un estado crítico en su salud y se ha complicado de manera que ya no le quedan fuerzas para seguir viviendo. En todo momento él ha sido bien cuidado por su esposa la reina Arya y por un gran amigo llamado Jotta Erre. Reconociendo esto Reiix, debe señalar quién será el sucesor al trono Kan-kan. Así que Adrian es el candidato perfecto, ya que porta el linaje y por derecho le corresponde, además Reiix ha dado a su hijo por perdido y hasta por muerto después de 15 largos años.

Adrián sabe que fue adoptado por su tío Reiix a quien considera como padre. Pero él nunca se ha enterado de que su padre Ruggio fue el que traicionó al norte cuando aún era muy pequeño, ya que Reiix lo ha ocultado y ha prohibido que se le diga toda la verdad acerca de su padre. Más bien, Adrián entiende que murió como héroe luchando contra Z. Su abuelo Raiion murió al sacrificarse cuando sostenía a Ruggio mientras las "Armas de Errex" lo detenían. Adrian solo tenía 3 añitos, así que no recuerda muy bien ni siquiera a su abuelo Raiion ni a su padre Ruggio. Entonces Reiix, movido a misericordia, amaba tanto a su hermano Ruggio, que prefirió adoptar a Adrián criandolo como si fuera suyo, ya que su madre Mariam también había muerto cuando le dio a luz. Entonces llegó la paz y como símbolo de esta paz entre los reinos, se establecieron las Fiestas del Norte.

Luego de pasar horas mirando desde el balcón y de estar contemplando su futuro, el joven Adrián se ha quedado entre dormido y despierto, sentado en la silla del trono de la sala principal. Al cabo de un rato, abre bien grande los ojos tras escuchar una algarabía, la cual provenía de la plazoleta ceremonial. Intrigado ante el estruendo, se da cuenta que al parecer se había quedado dormido y que tal vez las fiestas habían comenzado. Estaba un tanto aturdido y molesto ante la posibilidad de que se había quedado dormido toda la noche y la mañana mientras estaba allí sentado contemplando su futuro. Ansioso de que estuviera tarde

o ausente al evento, corre desesperado al balcón que
dá a la plazoleta ceremonial, para detener la ceremonia
hasta que él esté presente. Pero al acercarse al balcón,
nota que todos los presentes en la plazoleta y la
multitud que les rodeaba celebraban con mucha alegría
y júbilo.

"Oh no! ¡No puede ser!" - se decía así mismo un tanto
confundido y desorientado el joven Adrián, pues no
entendía ni el cómo, ni por qué, le había sucedido esto.-
"Cómo es posible que hayan empezado los actos
protocolares sin mi consentimiento? Alguien pagará
muy caro por esto."

Pero al percatarse y poner fija su mirada en lo que
ocurría en la plazoleta, pudo notar que la celebración y
los actos protocolares estaban en la fase de clausura.
Nota que ya estaban lanzando los fuegos artificiales y
que una gran multitud a una sola voz gritaban con gran
regocijo:

"¡QUE VIVA EL REY!" ¡QUE VIVA NUESTRO
FUEGO DEL NORTE!" -una y otra vez vitoreaba la
multitud- ¡QUE VIVA EL REY!"

Pero él no entendía y mucho menos lograba ver bien
a quien ovacionaban, pues la multitud era mucha. Y se
preguntaba:

"Pero si yo estoy aquí y no he bajado aún a la ceremonia. Entonces si no es a mí... ¿a quién es que están vitoreando?" -se preguntaba él.

"A tí no es, por supuesto." -escuchó una voz profunda y aterradora que venía de detrás de él.

Adrián se voltea y ve que hay algo o alguien sentado en el mismo trono donde él estuvo toda la noche y que era precisamente, de este extraño ser, que provenía aquella horrible voz.

Adrián se pone en alerta de defensa y extiende su mano izquierda apuntando hacia el que le hablaba y la derecha a sus espaldas agarrando la empuñadura de su espada.

"Solo te lo preguntaré una vez. ¿Quién eres? ¿Y que está sucediendo aquí?" -le preguntaba Adrian mientras apretaba cada vez más fuerte la empuñadura de su espada.

Desde las sombras que oscurecían la silla del trono, surgía una horrible y espantosa figura que hizo atemorizar por unos segundos al joven Adrián.

"Tu padre Ruggio fue traicionado en esta misma sala y tú serás traicionado de igual forma." -le repetía una y otra vez la espantosa criatura, mientras Adrián miraba al trono pero volvía su rostro a la plazoleta ,ya que en la celebración seguían gritando con mayor euforia: "¡QUE

VIVA EL REY! ¡QUE VIVA NUESTRO FUEGO DEL
NORTE!".

"Tú no eres para muchos el rey que tanto anhelan
tener en el norte. Pronto, muy pronto sabrás toda la
verdad y cuando te des cuenta que no te estoy
mintiendo, quizás sea muy tarde ya. Pues Reiix quien
no es tu verdadero padre sino más bien tu tío, quiere
poner por rey a otro y no a ti. Así como lo hizo tu abuelo
Raiion, quien nunca creyó que tu padre Ruggio era
digno de la corona." -le dijo la horrible voz de la
espantosa figura.

"¡MENTIRAS! -Muy confundido Adrián le contestaba
de un grito.-Mi padre fue un héroe. Y tú, tú debes ser Z.
Tu matastes a mi padre."

"Cuando sepas la verdad no te quedará duda de que
yo no te estoy miento y solo así sabrás que no fui yo
quien mató a tu padre. Hasta entonces no me verás
más." -dijo Zombra y se desvaneció.

Pero al mirar nuevamente a los que celebraban, vió a
un joven que estaba siendo coronado y la espada
Fuego del Norte estaba en su mano derecha prendida
en fuego.

"¡NOOO!"...
"¡NOOO!"... -despertando de un sueño gritaba Adrián,
para darse cuenta que se había quedado dormido
sentado en la silla del trono. Su corazón latía muy

acelerado y parecía que todo lo que soñó había sido
real.

"¿Señor? -le dice un servidor- "¿Señor se encuentra
bien? Al parecer se ha quedado dormido. Vamos yo le
ayudo a ir a la cama, pues mañana es su gran día y
debe estar descansado."

"Sí, sí, tienes razón." -decía Adrián- "Mañana...
mañana será mi gran día."

Decía estas palabras una y otra vez sin dejar de
pensar en ese horrible sueño y recordando todas y cada
una de las palabras de Zombra, que quedaron grabadas
en su mente. Aún en su recámara no podía dormir por
causa de lo acontecido.

"Fué tan real. No puede ser verdad. ¿Mi padre
traicionado por mi abuelo?" -se decía una y otra vez
hasta que no pudo más y quedó rendido del sueño.

Capítulo 8

LAS FIESTAS DEL NORTE

Música, bailes y mucha alegría, inundan las calles del norte. Todo es fiesta y algarabía. Familias enteras de todas las razas, reinos y provincias llegan desde temprano en la mañana al norte para disfrutar de las fiestas. Comparten con gozo sus comidas y bebidas típicas los unos con los otros. Todo marchaba tal y como se esperaba.

La ceremonia protocolar estaba por dar inicio. A solo horas de que a una de las mellizas del este se le otorgue el título de Viento del Este y de que Adrián se coronará como el nuevo rey y Fuego del Norte.

Llaphet, junto a sus sau'rex, dan apoyo a los kan-kan en la seguridad dedicada a las fiestas, específicamente en el área de los alrededores del Castillo Kan-kan. Para evitar y tratar de esta manera cualquier incidente lamentable o que algo se salga fuera de control. Llaphet, como amigo genuino que es de Reiix, se dirige muy confiado pero también muy apresurado al cuarto donde se encuentra el rey. Quien se encuentra siendo atendido por los súbditos junto a su esposa Arya, su amigo Jotta y su hijastro Adrián. Llaphet tenía una información muy valiosa que compartir con él y por eso es la prisa que lleva. Dos guardias que custodiaban la puerta de entrada al cuarto le querían impedir el paso. Pero, al percatarse que se trataba de Llaphet, ambos le dan acceso a la habitación. Al entrar, pide de inmediato estar a solas con Reiix y con la reina Arya.

"Amigo y rey del norte Reiix, Reina Arya." -inclinando el rostro en señal de gran respeto, el Sak' Eki se dirigía a los reyes, ante los allí presentes- "Perdonen mi interrupción y mi ligereza, pero necesito hablar a solas con ustedes dos."

"Estamos a menos de una hora para dar inicio a las actividades protocolares de las fiestas." -le indicaba rápidamente Adrián a Llaphet- "y no creo que sea prudente que desviemos la atención del rey en este preciso momento, ya que necesito que el rey esté muy enfocado y que no malgaste sus fuerzas con asuntos ajenos a la ceremonia. Cualquier novedad la debes hacer notoria de inmediato y lo atenderemos con la brevedad posible más tarde."

Llaphet ignora las palabras del príncipe y solo se queda mirando fijamente al rey. Ya que, primeramente él le tiene poco afecto al joven Adrián, pues entiende que no se merece su confianza debido a la arrogancia y la prepotencia que él posee. Segundo, a él le parecía estar lidiando con Ruggio una vez más, aquel que le causó eventualmente la muerte a su padre Lhando.

"Es de suma importancia lo que he de comunicar a los reyes del norte y me disculpa si sueno un poco áspero en mis palabras pero esto no le compete a usted joven Adrián, así que sólo hablaré con el rey y la reina." -dijo Llaphet pero esta vez se quedó mirando muy serio a Adrián mientras le hablaba.

Reiix levanta su mano derecha mientras miraba a Adrián y le hace señas dando a entender que deben salir todos de la habitación..

"Déjame... escucharle."
-dijo Reiix con mucha dificultad.

Un muy molesto Adrián, junto a los que estaban allí presente, salen de la habitación , cerrando la puerta y quedando solos Reiix, Arya y Llaphet.

"Habla… amigo mío." -dice Reiix. Mientras Arya sostiene su mano izquierda y le prestan mucha atención.

"Creemos que su hijo aún está vivo, al parecer lo hemos encontrado." -le decía Llaphet en un tono bajo pero sumamente claro, para que sólo el rey y la reina sean los que logren escuchar.

Arya se levanta de su silla. Su corazón se le acelera a mil latidos por sekronnox.

"¿Qué?"... -dice Arya- "¿Cómo?"… ¿Es cierto lo que dices?"

Reiix se esfuerza y se levanta un poco de la cama. Abrió grande sus ojos ante la noticia que por quince largos años ha estado esperando escuchar. Por unos sekronnox parece que había recuperado sus fuerzas.

"¿Cómo puedes estar tan seguro de esto?" -le replicó Arya.

"Estamos casi seguros de que es él." -continuaba Llaphet- Dos de mis sau'rex delegados, los cuales envié hace varias semanas para los preparativos relacionados con la seguridad de las fiestas, alegan haberse topado con dos ladrones en la Región Central cerca de una aldea junto a El Camino, de los cuales uno era una roedora y el otro era un kan-kan con los rasgos que apuntan a ser su hijo perdido."

"¿Cómo crees o piensas que podría ser nuestro hijo?" -le cuestionaba Arya a Llaphet pero a la misma vez se veía en su rostro que estaba muy esperanzada.

"Por que cuando la roedora le llamó por su nombre. Nombre que por decreto suyo y de la corte real ha sido prohibido llevar entre los Kan-kan. Además aparenta tener unos quince años y su pelaje es marrón y aunque su rostro estaba cubierto al momento de enfrentar a mis sau'rex, pudieron darse cuenta de que el joven kan-kan tiene mechones rojos." -contestó Llaphet.

Esto era algo que conocía muy bien Llaphet ya que la noche que nació Yaro, él estaba presente y le vió nacer, pues fue Llaphet quien lo cargó en sus brazos y lo pasó a la nana indicando que lo llevara al oeste que su abuelo Phellix la esperaba en El Camino y que no se detuviera por nada, que él iría más tarde por que tenía que ayudar a Reiix y a su padre Lhando para detener a Ruggio.

"Es él." -dijo Reiix casi sin aliento.- "Debe ser él"

"¡ES YARO!" -gritó con su alma la reina Arya.

Con lágrimas de alegría en el rostro de la reina Arya ante la gran noticia dada por el Sak'Eki, apretaba la mano de su amado esposo.

"Mi amigo Reiix. No cometas el error de nombrar a Adrian esta noche. Si es Yaro, aquel que tenemos en la mira, no tardaremos en encontrarlo. Pues ya sabemos que se dirigía hacia nosotros junto a la roedora, a las fiestas, llevando a la princesa del sur Kiara "secuestrada". Según nos informaron unas marakuas que fueron atacadas en Citadel el dia de ayer." -le aconsejó Llaphet.

"Prométeme... que lo conseguirás... antes de la clausura." -dijo Reiix muy emocionado.

"Estoy haciendo todo el esfuerzo para ello. Solo te pido algo mi amigo Reiix, espera a que yo regrese con tu hijo. Si no es Yaro, entonces no queda de otra que nombres a tu sobrino." -le decía Llaphet a su viejo amigo Reiix.

Arya abrazaba a Llaphet, con lágrimas de alegría y de agradecimiento, ante tal noticia. Para luego tomar de la mano nuevamente a su esposo y con una mirada esperanzadora dar gracias a Lux por qué sus oraciones estaban siendo contestadas.

~ Mientras tanto – Reino del Norte ~

"¡Wuuu juuu! ¡Pero qué emocionante! ¡Lo logramos!" - exclamaba Kiara, llena de emoción- "Estoy que no lo puedo ni creer, al fin llegamos a las Fiestas del Norte."

"¡Muuhh!" -le dá un beso en la mejilla a Ratta'tax y le acariciaba la cabecita- "Muchas gracias mis valientes compañeros."

"¡Ahh Yakk! -Se limpia la mejilla Ratta'tax- "Lo que me faltaba, que una princesa rana me diera un beso. ¿En que se supone ahora que me convierta? ¿En Rarra'nax?"

Pero tanto Kiara como Yaro le ignoraban, pues estaban muy maravillados como para prestarle atención, ante todo lo que veían sus ojos a su alrededor.

"Escucha bien princesita, ese beso también tiene un costo adicional. -continuaba el pequeño parlanchín hablando mientras sacaba nuevamente su puntero de la gorra y la pequeña libreta de cobro de su mochila- Así que de ahora en adelante los anotare en una lista aparte para cobrarte los besos, los abrazos y hasta las veces que toques mi hermoso sombrero."

Yaro parecía estar petrificado y no solo por tantas cosas que se apreciaban a su alrededor. Más bien, porque jamás en su vida había estado tan cerca de su sueño como lo estaba ahora. Al horizonte norte se dibujaba la impactante imagen del Castillo Kan-kan. Para él era algo tan impresionante, el simple hecho de estar a solo unas cuadras del castillo, que todas las atracciones que adornaban la festividad eran ignoradas por el momento.

Kiara por el contrario no le causaba nada de impresión el castillo, si no que se maravillaba de cada espectáculo que se daba a su alrededor. Luego de besar a Ratta'tax mantenía nuevamente su rostro cubierto para evitar que la lograran identificar.

Ratta'tax por su parte guardaba la libreta de apuntes. Para luego con sus orejas caídas y con un rostro un tanto atemorizado sube al hombro de Yaro. Nunca antes había permitido a Yaro ir a las fiestas y su sexto sentido, típico de los roedoros, le indicaba que algo no parecía estar bien. Ratta'tax jalaba la oreja de Yaro para alertarle ante un posible peligro. Parecía que nuestro pequeño amigo quería salir del norte lo antes posible.

"¿Yaro?" -le susurraba al oído Ratta'tax a su colega- "Ehh... ¡Yaro!"

Yaro seguía petrificado ante la imagen que presenciaba.

"¡YAROOO! ¡DESPIERTA KAN-TONTO! ¿ACASO NO TE DAS CUENTA DE QUE ALGO HUELE MAL POR AQUÍ?" -le gritaba Ratta'tax al oído ya que Yaro le seguía ignorándolo- "y esta vez no son mis calcetines, ni mucho menos es por lo que me comí anoche." - añadía el roedoro con voz baja.

"¡Ah! Perdóname mi pequeño amigo, no era mi intención ignorarte. Es que me he quedado perplejo ante lo impresionante que luce el castillo del norte. Cuando te encuentras tan cerca de él, no puedes ni creer que este momento sea real. Nunca imaginé tanta hermosura, a pesar de verlo cada mañana y cada noche desde algún árbol a la distancia."
-le contestó de inmediato Yaro.

"Bueno, pues no es para menos. La verdad es que sí es impresionante. Aunque más impresionante es mi castillo "Koral del Sur" y el "Nido del Este" ni se diga con sus columnas en diamantes y edificios en cristales preciosos ." -añadía la princesa Kiara.

"¿DIAMANTES? ¿CRISTALES PRECIOSOS?" -Ahora era Ratta'tax quien queda impresionado ante lo que escuchaba de parte de la princesa y sus orejas se levantan nuevamente. Parecía que se perdía todo temor que anteriormente le incomodaba, y le insistía a Kiara que le siguiera contando acerca del Reino del Este y sus diamantes y piedras preciosas.

"Ya habrá tiempo para contarte acerca del Nido del Este mi amiguito Ratti'tax."

"¡AHH! YO NO ME LLAMO ASÍ" -le contestaba muy molesto Ratta'tax a la princesa, quien bajando del hombro de Yaro se le paraba de frente a Kiara para hacerle saber cuán molesto se encontraba.

"¡Hey no le grites a la princesa!" -le aconsejaba Yaro a Ratta'tax- "No sabes que si la tratas bien a lo mejor, nos lleva un día de estos, a ver esos dos castillos."

"Bueno en ese caso no volveré a gritarle, pero que quede claro, que mi nombre es Ratta'tax y no Ratti'tax hmm?" -Con ojos cerrados y su dedo índice levantado como si diera una orden hablaba firme el roedoro.

Pero nuevamente Ratta'tax, como si estuviera llevando un monólogo, era ignorado por ambos compañeros, quienes se adelantaron y le dejaban solo.

Atrás quedaba por un instante, el pequeño parlanchín, mientras Yaro y Kiara se adentraban entre la multitud que por el camino que lleva a la plazoleta ceremonial.

"¡Hey! ¡ESPERAME! ¡DEBEN ESPERAR POR MI!" - les gritaba Ratta'tax mientras corría tras ellos.

Así llegaron finalmente, los tres más buscados de todo Errex a Las Fiestas del Norte.

Capítulo 9

POR DINERO BAILA EL RATTA'TAX

Comienza la ceremonia protocolar con un desfile de delegados y embajadores de cada uno de los reino. Todos son bien presentados por el maestro de ceremonia.

"Muy buenos días sean para todos y cada uno de los aquí presente." -se escuchaba a un kan-kan hablar por lo que parece ser un artefacto que le permite ser amplificada su voz, cautivando con su entusiasmo y su carisma la atención de todos los que le escuchaban- "Primeramente sean bien recibidos todos los aqwilas, marakuas, sau'rex y kan-kanes de los cuatro reinos de Errex." -anuncia con mucho entusiasmo el maestro de ceremonia desde una gran plataforma en la plazoleta del Castillo Kan-kan y continuaba diciendo: "También sean de igual manera bienvenidas todas las razas, de todos los rincones de Errex, que se dan cita en este lugar para compartir con nosotros tan magno evento. La Quinceava Conmemoración de la Paz en Las Fiestas del Norte."

Fanfarria y aplausos se escuchaban por doquier por al menos un par de minutos.

"¡Gracias! ¡Muchas gracias!... Ahora…" -se escuchaban redobles de tambores- "Continuamos con las presentaciones de los séquitos de cada uno de los reinos. Los cuales han dicho presente a la gran celebración de este quinceavo aniversario de las Fiestas del Norte."

La multitud congregada alzaba la voz con gran júbilo y aplausos ante las palabras del maestro de ceremonia.

"Como primer reino…" -eran debidamente presentados por el maestro de ceremonia- el Reino del Este.

Va marchando todo el séquito del Reino del Este, el Duke Ovy y su amada Jesika con los vestidos de gala muy acertados para la ocasión. Justo detrás de ellos sus dos hijas, las mellizas Nahy y JesNahy. Estos son ovacionados por la multitud allí presente. Suben a la plataforma, donde en una larga mesa, les esperan allí sus respectivas sillas y un suculento banquete ya servido.

Prosigue el Reino del Sur mientras son también anunciados por el maestro de ceremonia. En representación de la Kandace del sur se encuentra La Primer Ministro llamada Marak. Ella va junto a tres delegadas y miembros del Consejo de las Valientes de dicho reino. Son también aplaudidas y toman su lugar en la mesa de la plataforma, de igual forma que el séquito anterior. Es importante nuevamente señalar que tras el decreto dado por Arikel el rey de Mar Akuas, por causa de la tragedia ocurrida el día Z, se les ha prohibido a que sus hijas salgan del territorio sur y mucho menos a que asistan a las Fiestas del Norte. Aunque las seis hermanas de Kiara ya tienen edad para ocupar la silla vacante de la reina, lo que les permitiría estar presentes, pero esto no ha sido posible, ya que por tradición, solo será la reina del sur aquella de las herederas que porte el Arma de Agua del Sur. Esto aún no ha ocurrido. Por lo tanto, es la Primer Ministro Marak quien sólamente puede representar a su reino por el momento.

Rápidamente es presentado en tercer lugar el séquito del reino del oeste. Llaphet, junto a su abuelo Phellix, su hermana Jennipher y su madre Guannda. Todos marchan y llegan a la mesa de igual forma que los séquitos anteriores. Cuando toman su lugar y están por anunciar el reino del norte como séquito final, un sau'rex que está como guardia de apoyo en el área de seguridad de las fiestas, sube a la plataforma corriendo, llega hasta Llaphet y le susurra algo al oído diciendo:

"Los tenemos a la vista, Sak'Eki. Sólo dé la orden y los atraparemos".

"Espera, yo voy contigo." -le contestó Llaphet.

Llaphet se levanta de la silla, se excusa con una señal de su mirada con su abuelo, su madre y hermana y baja la plataforma tras el sau'rex que le avisó. Todos notan que algo está pasando porque no es normal que haya esta interrupción.

"No pasa nada. Prosigan con el protocolo sin mí, dejo a mi abuelo, a mi madre y mi hermana como representantes y testigos de los actos protocolares en lo que yo regreso. Vuelvo enseguida, no tardó mucho." -le indicaba Llaphet al maestro de ceremonia y a los allí presentes.

Por unos segundos, el maestro de ceremonia parecía estar confundido, pero rápidamente continúa con las presentaciones tras la interrupción. Adrián sospecha que algo pudiera estar fuera de orden, aunque prefiere obviar la interrupción de los sau'rex por el momento y permanece enfocado en su presentación la cual entiende que merece mayor importancia.

~ Mientras tanto, entre el público, en dirección al sur de la plazoleta ceremonial. ~

"¡Ahh!... ya esto me está aburriendo demasiado." - dice Ratta'tax tapándose la boca tras bostezar y frotando las manos continúa su argumento- "Ya hemos visto lo suficiente y creo que deberíamos ir pensando en como ejecutar el Plan A para sacarle provecho a nuestra pasarela por las fiestas. Pues con tanta gente distraída..."

"Hey Ratti'tax, -le interrumpe la princesa Kiara quien le lleva diciendo así y en tono cariñoso a Ratta'tax desde la vez anterior que se escaparon de la aldea- "...no seas así, tan akua fiestas, ¿no ves que estamos disfrutando de este momento tan especial?"

"¡QUE NO ME LLAMO RATTI'TAX! ¡ME LLAMO RATTA'TAX! ¿HASTA CUANDO VOY A SOPORTAR QUE ME CAMBIES EL NOMBRE?" -le gritaba molesto nuevamente el pequeño roedoro.- ¡ES RATTA'TAX... REPITE CONMIGO … RATTA'TAX!

"Ya no le discutas más... Ja ja ja" -le indicaba Yaro con una risa entre labios, ya que encontraba muy chistoso ver a su pequeño amigo enojarse- "...¿no ves que te lo dice de cariño? Además... ¿estás cobrando, no?"

"Pues sí... pero..." -aún un tanto molesto el pequeño amigo le contestaba.

"Deja que te llame como quiera. Ratti'tax, Ratta'tax ó ¿qué tal Rarra'na? Sí, ése es, Rarra'na, hasta a ti mismo te gustaba ¿no? ¿No és en eso, en lo que te conviertes cada vez que te dá un beso? ¡JA JA JA!" -lo molestaba Yaro y se reía de Ratta'tax una vez más- Solo acuérdate que por dinero baila el Ratta'tax".

Ésa era una de las frases más usadas por el mismo Ratta'tax cuando se dirigía a Yaro, cada vez que quería salirse con las suyas y hacer dinero gracias a sus habilidades como ladrón y parlanchín. Lo que también, era uno de los dichos que más le gustaba a Ratta'tax escuchar decir de su inseparable amigo Yaro. Indicando que al final de las cuentas iba a obtener una buena recompensa monetaria de parte de la princesa y que era cuestión de soportar un poco más.

"¡Ahh! Pues voy a tener que empezar a cobrar también por los sobrenombres y añadirlo a la lista de los besos y los abrazos." -un muy interesado Ratta'tax comentó.

No pasaron bien diez sekronnox cuando, algo inesperado para ellos, estaba por ocurrir. Así que cuando más distraídos estaban nuestros tres aventureros, Ratta'tax pensando en la fortuna que cobraría al final del evento, mientras que Yaro y Kiara disfrutaban de cada detalle del espectáculo de la ceremonia inicial en las fiestas. Ninguno de ellos se daba cuenta de que los tenían muy bien vigilados y les habían hecho prácticamente un cerco entre la multitud para atraparlos de una vez y por todas.

"Son ellos, atrápenlos, que no escapen ninguno de los tres." -dijo alguien a sus espaldas mientras les señalaba y levantaba su otro brazo dando señal a los demás soldados que brindaban seguridad en el área.

Ratta'tax con su orejas muy afinadas y su nariz aguda para percibir no simplemente los olores a su alrededor sino más bien es como un sexto sentido que poseen los

roedoros ante los peligros inminentes. Lograba así
percibir y escuchar esas palabras, por lo cual buscó
desesperadamente entre la gran multitud que los
arropaba para ver quién era el que hablaba y a quien se
dirigía tal comentario. Al fijar bien su mirada detrás de
él, no muy lejos de ellos había un soldado sau'rex
indicando a otros y señalando en dirección a ellos. Son
"los tres más buscados en todo Errex." lee en un papel
de propaganda que revoloteaba en el viento y le pegó
en la cara de Ratta'tax.
Con un dibujo de un Kankan muy tonificado , una
marakua con una tiara y una roedora con una mochilita
y un lazo en su pollina.

 "¿Una roedora?" -se preguntaba nuestro pequeño
amigo y a la vez acordándose de los sau'rex a los que
le robaron la última vez, que se habían creído que él era
una roedora- "¿Las lagartijas de la otra vez?…¡Oh NO!"

 Con este papel que los identificaba y en parte le
confirmaba de una y por todas al pequeño que es a
ellos a quienes buscan en toda Las Fiestas del Norte.

 "¡YARO!" -gritaba Ratta'tax casi petrificado, pues su
nariz no se había equivocado ya que había presentido
que algo le olía mal.- "¡YAROOOO!"
"¡PRINCESA RANA! "
"¡PALAN C!"
"¡REPITO, PLAN C!"

Al oír a Ratta'tax gritar Plan C, tanto Kiara como Yaro se percatan del peligro. Yaro agarra a Ratta'tax y lo pone en su hombro y toma por un brazo a Kiara para así correr entre la multitud. Mientras corren, frente a ellos vienen también las guardias marakuas que divisaron a la princesa. Lo que provoca que Yaro se detenga para buscar otra escapatoria.

"¡Por ahí!" -dice Ratta'tax.

Ratta'tax ve un hueco entre la multitud que daba a un callejón. Corren entre la multitud y entran al callejón. Y al dar la curva al final de dicho callejón, Yaro pone freno a la carrera mientras Ratta'tax y Kiara aún observan a sus espaldas que le persiguen los soldados y guardias de la seguridad y se cuestionan porqué Yaro se detenía.

"¡Basta de correr, es inútil que sigan huyendo!" -una voz con tono de autoridad se escucha desde adentro del callejón.

Capítulo 10

SE AGUARON LAS FIESTAS

~ Presente - Región del Norte ~

Tornando la mirada al frente, Ratta'tax y Kiara, se preguntaban, por qué Yaro no seguía corriendo, si todavía estaban siendo perseguidos por las guardias marakuas.

"No huyas más, Yaro." -dijo Llaphet junto a los dos sau'rex que habían sido los delegados del reino del oeste y que alegaban haber sido asaltados por los dos ladrones, Ratta'tax y Yaro.

"Pero ...¿y tú quién eres? ¿Cómo es que sabes hasta mi nombre?" - le preguntaba Yaro tras verse atrapado y ni siquiera tener idea de que estaba frente al Sak'Eki del oeste.

"Esas son las dos lagartijas que querían comerme la semana pasada." -decía en un tono molesto mientras los señalaba, nuestro roedoro Ratta'tax al haberlos reconocido- "Míralos eh... y ahora traen consigo a su pequeño hijo para comernos entre los tres."

Las marakuas que les perseguían también se detuvieron. Se inclinaban ante la presencia de Llaphet y guardaron distancia sin dejar de mirar a Yaro y Ratta'tax, pues entendían que tenían a la princesa Kiara como rehén y todavía Yaro le sostenía por un brazo.

Rápidamente los sau'rex que acompañan a Llaphet le contestaban a Ratta'tax.

"Al menos yo soy vegetariano." -decía el de la derecha.

"Yo no soy vegetariano, pero no me gusta para nada la carne de roedoras."
-comentaba el de la izquierda.

"¿ROEDORA? ¿CÓMO QUE ROEDORA? ¿CÓMO TE ATREVES A LLAMARME ASÍ?
-gritaba Ratta'tax muy molesto- YA VERÁS CUANDO YARO TE DÉ TU MERECIDO."

Yaro lo miraba y se decía en la mente (¿tendré que defenderlo nuevamente?), pero Llaphet les dice:

"Soy Llaphet, el Sak'Eki del oeste. Yaro, deja ir a la princesa y no compliques más las cosas."

Al escuchar esto, rápidamente Kiara se suelta de Yaro, da dos pasos al frente y se inclina tras reconocer al Sak'Eki.

"Mis disculpas su majestad" -le decía Kiara con tono de voz humilde. Llaphet se le acerca y le susurra algo al oído de la princesa Kiara. Una sonrisa entre sus labios que parecía entender muy claramente todo lo que Llaphet le dijo, pero a la vez esperando no perjudicar más a sus nuevos amigos- "no era mi intención causarles tantos problemas ni a usted Sak'Eki ni a mis nuevos amigos Yaro y Ratti'tax"."

"Princesa acompaña a las marakuas y véanse con los Dukes. Ellos tienen algo muy importante que comunicarles." -le dijo Llaphet a Kiara y las marakuas.

Yaro aún no entendía qué sucedía, cómo era posible que el rey del oeste estaba frente a él y éste le conocía por su nombre.

Ratta'tax al ver a Kiara inclinarse y entender que había insultado a un rey por llamarle hijo de lagartijas, de los otros dos sau'rex y que comían roedores, estaba muy preocupado.

"Ok... -dijo Ratta'tax- hasta aquí llegamos. Se aguaron las fiestas. Solo, les pediré un favor. Que no le hagan daño a Yaro. Hagan conmigo como quieran. Seré quien les cocine, quien haga la jardinería, quien atienda las wannas o aún más quien cuide a sus pequeñas lagartijas. Incluso, que me llamen roedora o Ratti'tax si quieren, pues a la verdad que ya ni me molesta. Pero por favor no le hagan daño a Yaro. Él es muy joven para morir y aunque es un kan-kan sin un futuro trazado en su cabezota. Pues si yo no lo encamino, se muere de hambre. Es torpe y nunca presta atención a mi plan. Pero es un buen Kan-kan."

"No me ayudes tanto." -le dice Yaro.

"Shhh...¿no ves que es parte del Plan D?" -le dice al oído Ratta'tax.

"¡Oh no! -le dice Yaro muy confundido- ¿Y ahora cuál es el Plan D?"

Mientras el parlanchín de Ratta'tax seguía su supuesto Plan D. Llaphet dá la orden a las marakuas para que se lleven a Kiara, al saber muy bien que la princesa no estaba del todo secuestrada y que ella había entendido muy bien lo que le susurró al oído.

"¡Cállate!" -dice Llaphet cansado de escuchar a Ratta'tax suplicando.

Yaro le tapa la boca y Ratta'tax guarda silencio.

Las marakuas se acercan a Kiara y le dicen:

"Princesa, venga por favor y no se resista, pues tenemos órdenes directas de su padre para llevarle por la fuerza de ser necesario."

Ella no se resiste y le dá un beso en la mejilla a Yaro y otro a Ratta'tax, para salir acompañada de las dos marakuas. Ésta vez Ratta'tax no pretendía cobrarle por ese beso, ni mucho menos se limpiaría la mejilla. Pero antes de irse, la princesa le dice al oído a Ratta'tax:

"Volveré por ti, lo prometo."

Al salir Kiara y despedirse de ellos. Llaphet se dirige a todos y dice:

"No hay tiempo que perder, ni mucho menos para explicar nada. El tiempo apremia, no cuestionen nada. Solo Yaro vendrá conmigo. Llévense al roedoro y ponganlo bajo custodia."

Yaro, aunque se encuentra muy confundido, no se resiste y le indica con un gesto a Ratta'tax que es mejor seguir las órdenes por el momento.

"¡Esperen! -dice Ratta'tax- "No nos separen. Él me necesita. Somos socios. ¿Verdad Yaro? -con lágrimas en sus pequeños ojos, miraba fijamente a Yaro- "Yo soy su amigo, es más, yo soy como un padre para él."

Era la primera vez en tanto tiempo, que Yaro no le escuchaba hablar así y verle tan desesperado por estar siendo separado de él.

Parecía que quien en realidad estaba afectado emocionalmente, por que les separaban, era el pequeño Ratta'tax. Él creía que perdería a su gran amigo y compañero Yaro, para siempre. Esto lo atemorizaba en gran manera. Y es que a pesar de lo gruñón y parlanchín que siempre se mostraba, Ratta'tax tenía un corazón mil veces más grande que su estatura. Él siempre se mostraba como que tenía el control de todo, pero estaba muy claro que esta vez la situación se le escapaba de sus manitas. El sentido de pérdida para el pequeño parlanchín era demasiado para él. Por lo tanto para Yaro era muy triste ver a su pequeño amigo tener los ojos llorosos.

"Tranquilo..." -le dice Yaro a Ratta'tax, tratando de calmarlo, al ver a su pequeño compañero muy desesperado- "...todo estará bien, no podemos perder la fe." "Recuerda mi querido amigo, que tu plan nunca falla." -Yaro le guiñaba un ojo.

Ratta'tax al escuchar estas palabras de parte de Yaro, le vino a su mente un momento retrospectivo...

~ Pasado - 2 años a. Z. - El Guatíbiris ~

"¿Un polizonte dices?" -un extraño y temible corsario de los cielos, bajo una lluvia tempestuosa, a altas horas de la noche, le cuestionaba a un roedoro, la noticia que le daba, de que había un intruso en su nave flotante, El Guatíbiris.

El Guatíbiris es una nave flotante tipo barco de guerra. Construido en el Reino del Norte para el reinado de Raiión y fue diseñado con tecnología Aqwuilla. Está en las manos de un corsario rebelde que escapó del norte con ella.

"Así es, mi capitán." -le contestaba un roedoro quien parecía estar a cargo de la tripulación, y tenía que rendir cuentas a su capitán acerca de cualquier novedad que ocurriera en la nave.

"Pues lo quiero frente a mí." -ordenó el capitán, para que lo trajeran ante su presencia.

Entonces otros dos roedoros traían a la fuerza a uno más pequeño, que estaba vestido con ropas que indicaba que era del norte y lo ponen frente al capitán. Todos los roedoros allí presentes estaban muy temerosos y se quedaban petrificados porque sabían de lo que era capaz el temible corsario.

"Vaya, vaya... ¿pero qué tenemos aquí?" - el capitán preguntaba al pequeño a quien no podía verle bien el rostro.

Más, sin embargo, la temible voz del capitán era muy bien conocida por el roedoro polizonte. Entonces al levantar la mirada y ser iluminado su rostro a causa de los relámpagos, el capitán se quedó mudo y perplejo del asombro.

"Pero... pero... ¿Ratta'tax? ¿Qué haces tú aquí? ¿Acaso no te había prohibido venir conmigo?" -le refuta el corsario y capitán del Guatíbiris, que al ver el rostro del pequeño roedoro le conoció enseguida.

"Lo siento mucho... pero esa es una orden que no obedeceré jamás. Juré que nunca te abandonaría. Estoy en deuda contigo y tengo muchos motivos para seguirte. Además no era mi intención quedarme con los kan-kan para que Ruggio terminara con mi vida o tal vez se diera gusto torturándome para que revelará tus secretos. Yo sé que tus órdenes eran muy claras para mí, que no te siguiera. Pero prefiero morir a tu lado y que me añadan a la lista de los desertores rebeldes del norte. Así tenga que huir de Ruggio de por vida, para que no me encarcelen en los calabozos del castillo del norte. Además perderme de todas las aventuras que junto a ti podré tener? Recuerdas que te dije que tenía un plan? Tan pronto como pude, escapé y me escondí en el Guatíbiris. Todo era parte de mi plan y mi plan nunca falla." -decía un astuto Ratta'tax a quien consideraba no solo su capitán sino más bien un gran amigo, pues hace un tiempo Ratta'tax había sido ayudado por el capitán dándole una oportunidad para que trabajara para él en la construcción de la nave.

El capitán y corsario de los cielos no le quedaba de otra que aceptar abordó a su leal roedoro. A quien no quiso comprometer en su decisión de abandonar el reino del norte para que escapara por su vida. Para que huyera y quedara libre de los crímenes que se le imputan al corsario.

"Pues tienes mucha razón mi pequeño amigo Ratta'tax." -decía el capitán- Todo salió como lo planificastes. Pues tu plan nunca falla."

Todos los roedoros se asombraron al ver lo que estaba sucediendo entre el supuesto polizonte y el capitán.

"Sueltenle de inmediato. Y por tu lealtad hacia mí, yo Willy, te entrego el título de segundo al mando, del Guatibiris."

~ Presente - Las Fiestas del Norte ~

"Recuerda mi querido amigo, que tu plan nunca falla. Pronto estaremos juntos, todo esto se resolverá."

Entre lágrimas y gran tristeza era separado Rattata de Yaro. Mientras el pequeño susurraba para sí mismo: "Mi plan nunca falla…" "Mi plan nunca falla…"

Capítulo 11

NO TODO ESTÁ PERDIDO

Llega uno de los momentos más esperados por todos los que estaban allí presente. El maestro de ceremonias de Las Fiestas del Norte se prepara para anunciar los actos de nombramiento y de promoción, para así cerrar con broche de oro. El día ya había avanzado y la tarde nos avisaba que la clausura de los actos protocolares tenía que culminar. Pero por lo general, las fiestas no terminan con esto, ya que se extienden por toda una semana. Así que hay fiesta para rato.

"Muy buenas tardes a todos. Para ir concluyendo con los actos protocolares del día de hoy. Estaremos dando inicio al momento más trascendental de este quinceavo aniversario de las Fiestas del Norte." -anunciaba el momento con gran entusiasmo el maestro de ceremonia quien mantenía una postura dinámica y entusiasta, a pesar de haber estado dando las presentaciones todo el dichoso día- "¡LOS ACTOS DE PROMOCIÓN Y CORONACIÓN!" -gritaba muy entusiasmado el moderador y maestro de ceremonia.

.

Era el momento tan anhelado por las mellizas del reino del este. Las princesas Nahy y JesNahy. Aunque claro está, de las dos mellizas la más que estaba reacia ante la promoción, lo era JesNahy. Ya que ella entendía que no era la adecuada para que el Arma elemental, Viento del Este, la escogiera como la nueva portadora.

También era el momento más crucial en la vida del príncipe del norte, el joven Adrián. Ya que su futuro estaría asegurado. Claro está, de todo salir como él lo había fríamente calculado.

No obstante el joven Adrián estaba muy preocupado. Por que aún no traen a quien él considera su padre, el rey Reiix para que le entregue lo prometido. La corona y la espada del norte. Adicional a eso, Llaphet se ha tardado más de lo que dijo que tardaría y no ha regresado desde que se excusó en medio de ellos en los actos de apertura. Es entonces que en su mente comienzan a taladrar aquellas palabras que Zombra le dijo en la pesadilla. Lo atormentaban una y otra vez.

"Tu padre fue traicionado...
y tú lo serás también..."
-parecía que la horrible bestia le susurraba al oído.

"Tu padre fue traicionado...
y tú lo serás también..."
-una y otra y otra y otra vez, el joven príncipe escuchaba aquella espeluznante voz decir aquellas palabras, que hasta lograron perturbar su mente.

Con sus ojos cerrados, muy inseguro de su
coronación y con su corazón que se aceleraba
considerablemente, continuaba escuchando aquella
horrenda voz.

"Esto no puede estar pasándome." -se decía a sí
mismo el joven príncipe- "Es que solo fue un mal sueño,
acaso.... ¿Habrá sido una premonición? ¿Será cierto
todo lo que me dijo?"

Adrián cerraba sus puños y respiraba muy enojado y
agitado, estaba muy molesto por lo que le ocurría.

"Con el poder que se me confiere, como Duke del
Reino del Este." -decía el Duke Ovy, quien interrumpió
los pensamientos del joven Adrián con sus palabras-
"Yo, el Duke Ovy, del reino del Este transfiero a mis
hijas mellizas Nahy y Jesnahy el Arma Viento del Este."

Llueven los aplausos y se produce un momento único
y mágico en la plazoleta. Una luz muy radiante
emanaba del arco y dejaba al público allí presente boca
abierto y maravillado. El Arco de Viento del Este
presentado por el Duke abandonaba sus manos para
salir flotando en el aire y posarse entre las dos
princesas. Aquella gran luz que emanaba del Arco
Viento del Este se dividió en dos luces para luego
quedar una luz frente a cada una de las mellizas. Al
extender las manos, ambas jóvenes, para tocar la luz
que tenían de frente, la luz que estaba frente a Nahy

toma la forma un arpa. Era el Arpa de Viento del Este. Y la luz frente a JesNahy toma la forma de una ballesta. Era la Ballesta de Viento del Este.

Casi todo el público estaba muy sorprendido y maravillado ante lo que presenciaban sus ojos.

"¡Waooo!" -se escuchaba a la multitud asombrarse ante tal espectáculo.

Pero esto era algo esperado por los aqwilas, no tanto así para las mellizas quienes ignoraban sobre esto, y es que anteriormente, había sucedido algo similar con unos aqwilas ancestrales mellizos en otra época.

Era por eso, que tanto Nahy como JesNahy eran educadas en clases de coro y en entrenamientos de balistas. Por si acaso se producía el "llamado dual" para las gemelas. Ahora se daban cuenta las hermanas, de las insistencias de sus padres, de que ambas tenían que entender que no podían esquivar las clases del coro ni tampoco los entrenamientos de balista.

"¿Que?" -ambas hermanas decían a coro- "Esto debe ser una broma..."

No lo podían creer. Nahy estaba sorprendida de que el elemento de viento se hubiese dividido en dos y que JesNahy fuera juntamente con ella escogida. Mientras que JesNahy estaba sorprendida de igual forma pero no se lo demostraba a Nahy y más bien parecía hacerle un poco de burla con su mirada y una mueca para ver si la hacía enojar. Pero que va, para la primogénita no era el tiempo de enojarse. Sus padres muy emocionados las abrazaban y felicitaban. El elemento de viento del este ha decidido que tanto Nahy como JesNahy sean a la misma vez las nuevas Armas de Viento del Este.

   El maestro de ceremonias se preparaba para el último de sus anuncios. Esta vez le toca el turno al príncipe Adrián, para ser promovido como el nuevo Arma de Fuego y también para ser coronado como nuevo rey en el norte. Pero, a pesar de todo lo sucedido con las mellizas, Adrián estaba inmutable y totalmente desenfocado ante lo ocurrido en todo su entorno. Es como si no importara para nada todo lo ocurrido entre las mellizas y el Arma elemental de Viento del Este. Esto porque, primeramente aún no regresaba Llaphet. Segundo, su madre adoptiva Arya, venía caminando sola hacia la plazoleta ceremonial, sin traer con ella a Reiix para que haga el nombramiento oficial de Adrián. Tercero, al ver que la reina no trae con ella la espada Fuego del Norte y mucho menos la corona del rey en sus manos, esto provoca a Adrián y lo hace que se enfurezca aún más.

   "Ahora…" -dice el maestro de ceremonia- "...llega el momento final para la tarde de hoy. "Me refiero…" - comienzan los redobles de tambores- "...al nombramien..."

"¡SILENCIO! ¡NO CONTINÚES CON LA PRESENTACIÓN!" -le grita un muy enojado Adrián al maestro de ceremonia.

Con mucha furia y autoridad interrumpió el joven Adrián para mandarlo a callar y no dejar que continuara con la presentación.

Arya, muy hábil, al sentir y ver tan molesto a Adrián, en vez de seguir para sentarse en su silla, toma la palabra- "Que siga la música, que sigan las danzas, hemos pospuesto la siguiente promoción solo por un breve momento para permitir que nuestro amado rey del norte, Reiix, pueda estar presente. Así que nos excusan y continuaremos tan pronto esté todo nuevamente en orden. Muchas gracias."

De inmediato, el maestro de ceremonias le indica a los músicos y danzarines que tomen acción. Había que llenar el vacío de mal gusto que había dejado el joven Adrián por culpa de su interrupción tan abrupta.

Sale muy molesto Adrián de la plazoleta acompañado por su escuadrón de seguridad personal y sin dirigir palabra alguna a la reina. El maestro de ceremonias toma nuevamente la palabra y sigue las indicaciones de Arya sin saber lo que estaba sucediendo.

~ Castillo Kan-Kan ~

"¡Vamos!..." -dice muy agitado Llaphet, mientras avanzaba por los pasillos y las escaleras del castillo Kan-kan mientras Yaro le seguía el paso. Ambos escoltados por dos sau'rex para asegurar y protegerlos de ser necesario.- "Por aquí, sígueme, no hay tiempo que perder."

Yaro no podía creer que se encontraba caminando entre los pasillos del lujoso y majestuoso castillo del norte, Aunque seguían avanzando Yaro no dejaba de preocuparse por su compañero Ratta'tax y qué sería de su paradero, pero lo asombroso de todo lo que apreciaban sus ojos lo mantenían ocupado. Era como un sueño hecho realidad. Aún más intrigante era el hecho de que el Sak'Eki del oeste lo escoltara y lo apresurara con mucha diligencia, era algo que jamás esperaría. Tan pronto pasaron por los largos pasillos llegaron hasta unas grandes puertas con dos guardias kan-kan armados en la entrada, era la habitación del rey.

"¡Es aquí... -dice Llaphet- ...el rey te espera adentro!"

Le abren las puertas, sin decirle más, Llaphet lo hace entrar y le cierra las puertas.

Llaphet, quedándose afuera, le da instrucciones por parte de la reina Arya, a ambos guardias de la puerta, para que no permitan a nadie que pase ni que entre a la habitación, no importando si es el príncipe, y prosigue para regresar a la ceremonia junto a sus dos guardas.

Mientras camina por el largo pasillo, vé que Adrian
viene a lo lejos frente a él. Adrian viene bien
acompañado con unos diez soldados de la Legión Real.

Al acercarse uno con el otro, Llaphet se detiene y le
dice:

"No todo está perdido."

"¡ARRÉSTENLOS!" -gritó Adrián muy enfurecido.

"Soy el Sak'Eki del Reino del Oeste." -le dice Llaphet a
Adrián- "Si me arrestas, provocarás un conflicto del
cual te arrepentirás para siempre."

~ recámara real del rey ~

"A...cer...cate." -dice Reiix con mucho esfuerzo al ver
a Yaro parado frente a las puertas de entrada de la
habitación.

Un confundido y a la vez sorprendido Yaro, ve al rey
recostado en la cama y camina un tanto temeroso hacia
él. El nota que Reiix tiene a su lado, en la cama, una
espada. Esta es la espada Fuego del Norte.

Reiix le dice: "Ven y acércate, quiero..verte de cerca y
quiero. oir... tu voz. ¿Cómo... te llamas?"

~ en el pasillo del castillo Kan-kan ~

"Zombra me lo advirtió."
-decía Adrián muy enojado- "No debí ignorarlo."

"¿CÓMO TE ATREVES INVOCAR ESE NOMBRE?
ESTÁ TERMINANTEMENTE PROHIBIDO
MENCIONARLO."
-le gritaba Llaphet mientras se prepara junto a sus
guardas a enfrentar a Adrián y a los diez de la Legión
Real.

Cerrando los puños y en posición de ataque, se le van
llenando alrededor los puños de arena hasta que se
forman como unas manoplas sólidas. Tan sólidas como
rocas. Son los Puños de Tierra del Oeste.

"No sabes cuanto tiempo he anhelado este momento"
- con una sonrisa entre labios, el Sak'Eki se dispone a
atacar. Parece que el enfrentar a Adrián era algo que él
había soñado por mucho tiempo llevar a cabo - Hoy
tendrás tu merecido niño mal criado.

"Ya veremos quién sonríe al final" -le indica Adrián a
Llaphet mientras grita para dar la orden a sus soldados
- "¡ATAQUEN!"

Capítulo 12

LA GRAN ESPADA DE LA OSCURIDAD

~ Pasado - 500 años a.Z. - Templo Arenas del Oeste ~

Un sau'rex adulto de unos casi cuatrocientos años de edad le está hablando a su hijo, uno más joven, de unos ciento diez años. Los sau'rex como ya conocemos son la raza principal más longeva entre los mortales del mundo de Errex, llegando a alcanzar hasta los setecientos años los más robustos.

"Existe una antigua profecía, mi querido hijo Phellix. Que solo debe ser contada y entregada, para que la continúen enseñando a cada Sabio o Arma que de nuestro reino del oeste surja. Esta debe ser transferida de generación en generación."
-le decía su padre Thaxiio- "Ya que tú eres el Arma de Tierra del Oeste, es necesario entonces que seas conocedor de dicha profecía..."

Yaro se acerca a Reiix y este le extiende su mano derecha para tocarle.

"Mi nombre es Yaro, su majestad."
-contestaba con un tono respetuoso y un tanto temeroso, al encontrarse ante el rey del norte. Pues desconociendo el por qué de todo lo que estaba aconteciendo temía que fuera algo grave al punto que el mismo rey lo mandó a buscar.

Mientras él agarraba la mano extendida del rey, Reiix se esforzaba para continuar hablándole.

Un sin fin de preguntas bombardean tanto la mente del rey como la del joven Yaro. Pero Reiix sabiendo que tenía poco tiempo para hablar pues sus fuerzas se agotaban y debía escoger sabiamente qué decirle al joven, le dice:

"Quítate... lo que... cubre tu rostro."

Yaro quitándose los trapos que lo identificaban como un forastero de la Región Central de Errex, los cuales cubrían su cabeza, le revelaba su rostro y su cabellera color marrón con mechones rojos al rey.

Pero, de pronto se escuchó un bullicio, afuera del cuarto del rey, parecía que discutían y se peleaban en el pasillo. Lo que provocó que Yaro torne la mirada en dirección a las puertas por donde entró.

Al enfocarse Reiix en el cuello de Yaro ve que lleva las marcas de Raiion su padre, y se queda casi sin aliento.

"La... marca... de mi... padre." -Yaro escucho decir de parte del rey quien le apretaba más fuerte la mano.

"Eres... tú. -le dice Reiix, mientras de sus ojos brotaban lágrimas y sus labios expresaban una sonrisa que por muchos años no había tenido.

"Disculpe su majestad. No entiendo nada de lo que está sucediendo. No era mi intención ni la de mi colega molestarle. Por favor solo le pido que tenga misericordia y no le hagan daño a mi compañero Ratta'tax. Haremos lo que nos pidan y hasta seremos siervos suyos por el kronnox que usted entienda" -le decía Yaro ajeno a todo lo que pasaba.

Reiix haciendo un gran esfuerzo, toma con la mano izquierda la Espada Fuego del Norte y se la entrega a Yaro.

"Busca... a Phellix. Ve... al oeste... escucha la ... profecía de la sabia anciana. Fuego... del Norte... te guiará, tómala..." -fueron las últimas palabras del rey del norte.

Reiix se queda sin aliento y muere mientras de sus ojos aún caían lágrimas, pero con la sonrisa en su rostro se iba en paz del mundo de los mortales, tras darle la espada Fuego del Norte a Yaro.

Como si tuviera un sexto sentido, la reina Arya, desde la plazoleta sintió un vacío que llegaba como un viento recio hasta su alma. Torna su mirada a las ventanas del cuarto del rey desde donde estaba parada. Lágrimas comenzaron a inundar su rostro pero de repente sintió otro viento, esta vez uno sublime, que soplaba sus ya marchitas mejillas, era como un rayo de esperanza. Mientras ella decía para sí misma: "Llaphet… solo espero que lo hayas encontrado a tiempo."

"¿Mi Señor? , ¿Señor?..." -con ojos muy abiertos de lo sorprendido que estaba, le llamaba el joven Yaro desesperadamente, pero el rey ya no le contestaría más.

"¡AUXILIO! ALGUIEN! ¡POR FAVOR! ¡AYUDA!" -gritaba aún más confundido Yaro ante una situación tan incómoda.

El rey del norte estaba muerto y lo primero que pasaba por la mente de Yaro era que no lo fueran a culpar de algo que él no había hecho.

De momento se abrieron las puertas del cuarto del rey violentamente. Un muy agitado Adrián se topa con un escenario inesperado.

"¿Qué hace un kan-kan con la espada Fuego del Norte en sus manos? Y aún más, ¿qué hace un desconocido junto a su padre Reiix? ¿Está mi padre muerto?" -se cuestionaba en su mente Adrián, al ser impactado con lo que veían sus ojos.

"¿ÉSTO QUÉ ES?" -gritaba muy enfurecido Adrián a Yaro.

Pero al fijarse bien en Yaro, nota que es el mismo joven de su horrible pesadilla. Aquel que también exaltaba la multitud y que vitoreaban diciendo: "viva el rey" una y otra vez. La pesadilla que tuvo en la noche de ayer, antes de las fiestas, donde Zombra le advertía que lo traicionaría.

"¿TÚ? ¡ERES EL INTRUSO! ¡EL USURPADOR!" - Adrian muy sorprendido le gritaba con mucha furia al ya confundido Yaro - "¿QUIÉN ERES TÚ?... ¿Y QUE LE HAS HECHO A MI PADRE?...
ES QUE... NO PUEDE SER..." -un muy enfurecido Adrian continuaba gritándole a un atónito Yaro, desde las puertas de la entrada de la recámara real,

Adrián parecía estar perdiendo el control y ahora comenzaba a cuestionarse nuevamente entre labios, así mismo: "Entonces, ¿todo era cierto? ¿No era un simple sueño lo que tuve anoche? ¿Zombra tenía razón sobre todo lo que me iba a acontecer?

"¡AHH!... ¡TE DESTRUIRÉ MALDITO ASESINO Y LADRÓN! ¡NO PERMITIRÉ QUE TE SALGAS CON LA TUYA!" -le gritaba y le amenazaba Adrian al pobre e inocente Yaro.

"¡Espera! Yo no tengo ni idea de lo que estás hablando y mucho menos lo que está sucediendo aquí. Yo solo fui traído hasta la presencia del rey del norte por Llaphet el Sak'Eki del Oeste." -le contestó Yaro a Adrián con mucho temor.

"¿LLAPHET? ¡AHHH! ¡AHHH! -le cuestionaba Adrián mientras gritaba del coraje que le ocasiona escuchar el nombre de LLaphet.

De repente mientras seguía gritando Adrian una oscura sombra se iba manifestando detrás de él.

"¡LLAPHET, ÉSE ES OTRO TRAIDOR! ¡ME LAS PAGARÁN TODOS Y CADA UNO DE USTEDES!" -le gritaba Adrian mientras corría hacia Yaro para luego de un salto atacar con su espada que empuñaba con ambas manos.

Pero una chispa, proveniente de la espada Fuego del Norte, que Yaro sostenía, hace que ésta se encienda en fuego. Creando así como una barrera de fuego a su alrededor y protege a Yaro del ataque de Adrian. Yaro se asusta mucho y deja caer al suelo la Espada Fuego del Norte, la cual al caer se apaga. Ante la luz y el fuego tan intenso de la espada, Adrián chocaba. Fue como chocar contra una pared. Lanzado hacia atrás y cayendo al suelo el príncipe Adrián. Regresando nuevamente cerca de las puertas de la entrada de la habitación. La espada del joven Adrián se consumía y se derretía a causa del fuego tan intenso que recibió proveniente de la espada Fuego del Norte. Adrián miraba su mano, estaba bien pues el es del linaje real y el fuego no le hizo daño alguno. Lo que le hace preguntarse entonces porqué ese intruso tampoco se quemó con la espada elemental.

¿Ah? -se cuestionaba Yaro al ver lo que había sucedido.

Fuego del Norte se levantaba del suelo suspendida en el aire y se ponía frente a Yaro. Él extiende la mano derecha y la toma nuevamente. La espada por segunda vez consecutiva se prende en fuego pero el fuego no le causa nada de daño al joven Yaro. El elemento de Fuego acababa de escoger a Yaro como el nuevo Arma de Fuego del Norte.

"¡NO! ¡NO PUEDE SER! YO SOY EL NUEVO REY. YO SOY EL ELEGIDO, YO SERÉ EL ARMA DE

FUEGO DEL NORTE. ¡ESA ESPADA ME PERTENECE
A MÍ!"
-seguía gritando desde el suelo Adrián muy enfurecido,
mientras quedaba de rodillas e intentaba incorporarse
nuevamente.

   "Para vencerle me necesitarás." -una voz profunda y
tenebrosa le susurra en el oído a Adrian una y otra vez.
Era como si el tiempo se detuviera.- Solo grita mi
nombre e inclínate ante mí y verás de lo que soy capáz.
Nadie más se burlará de ti. Juntos conquistaremos no
solo el norte si no todo Errex." -le insistía Zombra,
tentándolo.

   Yaro, muy asustado por todo lo sucedido, se
confundía aún más. Porque apenas trataba de asimilar
la situación y también quería al menos entender el
porqué de todo este lío en el que estaba metido. Pues
hace un par de horas era solo un forastero aventurero y
socio de Ratta'tax y ahora se encuentra dentro del
castillo Kan-Kan sosteniendo la espada elemental
Fuego del Norte.

   "¡ZOMBRA! ¡ZOMBRAAAA!" -con un gritó desde
adentro del alma invoca Adrián a Z, muy desesperado
por no perder todo lo que él había soñado- "¡ME
INCLINO A TÍ ZOMBRA!"

En el pasillo, de los sau rex solo quedó Llaphet, logrando vencer a los diez guardias de la Legión Real, pero no pudo detener a Adrián, ya que eran más en números y Adrián aprovechó esto para huir y adelantarse hasta la habitación de Reiix. Llaphet se levanta y sigue para encontrarse con un Adrián de rodillas que gritaba muy fuerte y enojado, invocando a Zombra. Miró más adentro y logró ver a Yaro muy turbado por todo lo que le sucedía, con la espada Fuego del Norte en las manos encendida en llamas.

De repente una gran espada rodeada de una energía oscura brotaba del suelo y se posaba frente al príncipe Adrián. Esta gran espada era producto de las mismas sombras que ya lo cubrían. Adrian estaba sumergido en ira. Sus ojos cambiaron a un color rojizo y su semblante ya no era el mismo.

Llaphet se quedó perplejo al ver la gran espada, pues la recordaba muy bien.

"¡TÓMALA, ES LA GRAN ESPADA DE LA OSCURIDAD!" -le gritaba Zombra (Sólo Adrián lo podía escuchar).

Capítulo 13

LO PROMETIDO ES DEUDA

"¡SOY INOCENTE DE TODO LO QUE SE ME ACUSA!" -se escuchan como ecos, los gritos de un Ratta'tax desesperado, entre los pasillos del calabozo del castillo del norte. "INOCENTE… INOCENTE… ME ACUSAN… ACUSAN…"

Solo el eco de su voz era quien le respondía. Parecía estar completamente solo y abandonado. Por un momento pensó que era su final.

"¡Ahhhh! Tengo que salir de aquí! Yo lo sabía, nunca debimos hacer trato con la princesa rana. ¿Cómo es que caímos en esto? Bueno... pero era mucho dinero y la recompensa era demasiada tentadora como para negarme. Pero, yo solo no soy el culpable. Porque Yaro es igual de culpable que yo.. Es que este Yaro y su espíritu de aventurero. Siempre termina metiéndose en tantos problemas. Ahhh! Que más dá. De esta nadie nos salvará!" -decía un tanto frustrado y angustiado, nuestro pequeño Ratta'tax, en medio de una oscuridad que imperaba en todo su entorno, donde solo se podía ver un poco de luz que provenía de los pasillos y de las alcantarillas que estaban a gran altura pero solo daban luz a los canales de acueductos.

Ratta'tax estaba en una celda muy oculta. La cual
estaba ubicada en uno de los calabozos del castillo.
Donde hay unos canales de acueductos por donde
corren las aguas del río del norte. Aunque mirándolo
bien, esta celda no parecía del todo una prisión. Pero,
Ratta'tax no se daba cuenta de esto, ya que la situación
lo agobiaba demasiado.

Frustrado, el pequeño roedoro, pues se sentía
impotente y a la vez demasiado preocupado por su
amigo inseparable Yaro, Se dice a sí mismo:

"Solo espero que todo esté bien y que no le hagan
daño a Yaro. -seguía el parlanchín hablando consigo
mismo- Es que no creo que Yaro se acuerde que plan
debe ejecutar en este momento de crisis. Porque por
más y más que se los repito siempre se les olvida..."

Solo se escuchaban los chorros de agua corriendo
por los canales de acueductos y a Ratta'tax, habla que
te habla sin parar, sobre los dichosos planes. Pero poco
a poco el cansancio y el sueño comenzaban a vencer al
pequeño. Cuando de repente...

"¡Hey Ratti'tax! ¿Acaso piensas seguir ahí adentro
todo el día pensando en tus planes?" -le dice una voz
que lo despierta de su estado de cansancio y al
escuchar la voz la reconoció de inmediato.

Nunca había estado tan feliz en su vida y mucho menos por escuchar a una "rana", es decir marakua.

"¿Qué? No puede ser, ¿Kiara?" -decía muy entusiasmado Ratta'tax al escuchar el tono de voz de la princesa del sur.

Buscaba por todas partes aquella voz, pero todo estaba muy oscuro a su alrededor. Entonces Ratta'tax pone sus ojitos al suelo para tratar de mirar entre la puerta y el piso, pero sin lograr ver a Kiara y por un segundo pensó que solo alucinaba.

"¡Awww!... solo estaba soñando." -decía Ratta'tax, quien perdía aquella chispa de alegría y esperanza, la cual solo le duró unos instantes.

"¡LO PROMETIDO ES DEUDA!"
-nuevamente se escuchó aquella voz, pero esta vez era con un fuerte grito.

Ratta'tax se da cuenta que no estaba soñando, ni mucho menos imaginando cosas. También notó que la voz no provenía de los pasillos de la parte de afuera de la celda. Si no que la voz provenía desde adentro del lugar donde él estaba.

Ratta'tax tornaba su mirada hacia los acueductos para buscar aquella voz y ahora no solo se alegraba de oírla sino que también se alegró de verla asomando la cabeza y su cuerpo sumergido en las aguas. Esperando

que se diera cuenta que aquellas palabras que le
susurró al oído, la princesa, cuando se la llevaron, no
habían sido en vano. Cuando dijo: "regresaré por
ustedes".

Era impresionante ver a la princesa Kiara con toda la
piel llena de escamas a causa de estar en las aguas. Y
de cómo su piel cambiaba de colores translúcidos como
un calamar.

"Jajaja" -se reían ambos de la alegría y el gozo de
volver a encontrarse el uno con el otro.

Pero unos sekronnox después, Ratta'tax cambia
su cara de alegría a una muy seria y le dice: "¿Por qué
tardaste tanto? Bah al menos te acordastes del Plan E."

"¿Plan E? Si, si claro, ese mismo el Plan E. No sé
como a Yaro se le olvidan tanto, cada uno de tus
planes. -dice Kiara de manera un tanto sarcástica-
Además, ¿dónde está Yaro?"

"Nos separaron y no he sabido más de él desde
entonces." -le contestó él.

"Pues, vamos hay que avanzar y tenemos que salir de
aquí lo antes posible, para buscar a Yaro. Solo aguanta
la respiración por unos segundos." -dijo ella.

Ratta'tax saltaba al acueducto y se reunía con Kiara
en las aguas. Tomándole Kiara lo pone en sus espaldas

y tomando un buen respiro se sumergen por el acueducto.

Un entripado Ratta'tax se sacude para quitar todo el exceso de agua que retenía su peludo cuerpo.

"Ah que bien, lo encontraste." -se escuchó una voz de una joven que les esperaba afuera.

"¡Oh! ¿Pero si es una rata?"
-dice otra voz muy idéntica a la anterior.

Ratta'tax se da vuelta para mirar quienes hablaban. Eran las mellizas Nahy y JesNahy. Pero él no las conocía, aunque ya conocía a los de su raza muy bien.

"Ok... Pero yo creía que el hijo del rey sería mucho más alto, menos gordo y super apuesto." -dice JesNahy burlándose de Ratta'tax.

"¿De qué hablan? Y tu no me llames rata, ni enano, ni gordo. Y mucho menos te creas que soy feo, porque entre los roedoros sí que soy apuesto, ¿ehh?" -le dice para defenderse mientras se enrollaba las orejas para escurrir el agua el pequeño Ratta'tax.

Nahy le mete un cantazo a JesNahy en la chola y le
dice:

"Más respeto, ya sabes lo dicho por nuestro padre.
Así no se tratan a los del norte y mucho menos al hijo
del rey."

"El no es Yaro. -dice Kiara- ¿No ven que no es un
kan-kan? Su nombre es Ratti'tax, él es como su
mascota y es su mejor amigo."

"Ohhh." -dicen ambas a coro.

"Que no me llamo RATTI'TAX."
-gritaba Ratta'tax- Y tampoco soy mascota de nadie.
Pero si soy su mejor amigo. ¿Ehh? Un momento... ¿a
qué se refieren con que el kan-kan hijo del rey?" -
añadía Ratta'tax temiendo a que su peor pesadilla fuera
cierta, pues la vez que encontró a Yaro de pequeño
notó que provenía de la casa real y lo menos que
pretendía era que todo lo que él había forjado como
lazos de amistad y familia con el joven kan-kan se
echarán a perder.

Pero las mellizas ignoraban a Ratta'tax, ya que se
discutían entre sí, alegando tener conocimiento de que
Ratta'tax no era Yaro.

"Yo lo sabía." -se decían una a otra- "Tu no, pero yo
sí, sabía que este no era Yaro."

"Vamos, no es momento para discutir y démonos prisa, hay que dar aviso a sus padres, para que estén al tanto de que Yaro no llegó a la celda y no sabemos dónde está." -dijo Kiara.

Ambas hermanas se sacaban la lengua al mismo tiempo y dejaban de discutir para obedecer a la princesa Kiara.

"No te preocupes Ratti'tax, de camino a los Dukes trataré de explicártelo todo." -le decía Kiara sobándole la cabeza.

Ratta'tax, ahogado en un mar de recuerdos y atando cabos sueltos no podía creer que fuera cierto. Luego, volviendo en sí, gritó una vez más: "¡QUE NO ME LLAMO RATTI'TAAAAAX!"

Así salían de aquel lugar las mellizas junto a Ratta'tax y la princesa Kiara para encontrarse con los Dukes del Este, Ovy y Jesika.

Pero, ¿cómo es que Kiara, quien había salido acompañada de dos de sus soldados para regresar al sur, ahora la encontramos envuelta en todo un plan para rescatar a sus amigos junto a dos aqwillas mellizas?

Sencillo, este ha sido el plan desde el principio. Por suerte, este no fue uno de los planes improvisados de Ratta'tax. Pues Llaphet se había reunido de antemano

con los marakuas que buscaban a Kiara y con el Duke
Ovy del Este. Todo fue bien pensado, primeramente
para brindar la seguridad necesaria al joven Yaro.y de
ser necesario llevarlo al calabozo junto a Ratta'tax. Para
que les sacaran por los acueductos y huir al oeste de
ser necesario. Pero Llaphet nunca llegó con Yaro.
Quienes aún se encuentran en el cuarto del rey
bastante ocupados arreglándoselas con Adrián.

~ Cuarto de Reiix ~

"¡TOMA LA GRAN ESPADA DE LA OSCURIDAD!" -
Zombra le gritaba a Adrián.

"No puede ser." -dice Llaphet muy sorprendido.

Adrián mira hacia la puerta y se da cuenta de la
presencia de Llaphet. Entendió que Llaphet pudo
vencer a los guardas de la Legión del Norte que
enfrentó en los pasillos, pues de otro modo no podría
estar ahí en la puerta. Entonces no le quedaba otra
opción al joven Adrián.

"Nada, ni nadie, me quitará lo que me pertenece." -un
desenfocado y turbado Adrián extiende los brazos y
toma la Gran Espada de la Oscuridad.

La gran espada parecía ser una muy pesada, pero un
aura de oscuridad que los envuelve hace que no sea

impedimento para Adrián poder manejarla con facilidad.
Adrián se incorpora como si hubiese recibido una fuerza
superior que no procedía de él y logra levantar con las
dos manos la Gran Espada de la Oscuridad otorgada
por Zombra. Adrian nuevamente salta para atacar a
Yaro.

"¡USA TU ESPADA YARO!" -le gritó Llaphet.

Yaro toma valor y con espada en mano se cubre para
recibir nuevamente el ataque de Adrián.

Capítulo 14

TU PRIMERA MISIÓN

"¡AHH!" -gritaba Adrián, quien a pesar de haber adquirido la Gran Espada de la Oscuridad, el dolor por sentirse traicionado, era muy grande.

Era el dia que por tantos años él había esperado, pero ahora un intruso y total desconocido kan-kan pretendía robarle todo lo que él entendía que por derecho le pertenecía, la corona y la espada elemental del norte. Ahora Adrián se encuentra ciego y sumergido en la densa oscuridad del gran villano y Señor de la Oscuridad, Zombra.

Adrián, saltaba con gran fuerza y atacaba con la gran espada a Yaro. Yaro, al tomar la espada Fuego del Norte, parece ver todo el ataque de Adrián en cámara lenta, y entiende que no podrá aguantar ese tipo de ataque. Empuñando entonces Fuego del Norte, el joven Yaro esquiva y provoca que el ataque de Adrián sea uno fallido. Adrián termina cerca de las ventanas para también romper los vidrios de las mismas.

Los vidrios de las ventanas del cuarto del rey van cayendo desde arriba. Algo está fuera de control, se preguntaban los de la plazoleta. La música y los bailes cesaron. La reina Arya se preocupaba porque algo malo de seguro estaba sucediendo en su habilitación. Tras presentir aquel vacío que entendió claramente que era la partida de su esposo Reiix, y al saber que Adrián había ido al castillo, ahora temía lo peor. De ser cierto, que Yaro estuviera allí, probablemente estaría en gran peligro. La reina le pide al maestro de ceremonia que indique que se pospondrá el acto de clausura para el día de mañana. Que todos se retiren a descansar por la tarde y lo que restaba en la noche de hoy. Arya se reúne con los séquitos de los otros reinos que están a la mesa, para tomar la mejor decisión que les brinde la mejor seguridad a todos.

Adrián se incorpora nuevamente y Yaro se prepara para enfrentarlo, no piensa esquivarlo esta vez. Llaphet está petrificado en la entrada de la puerta mirando todo lo que ocurre. Adrián, empuñando a dos manos su gran espada, con una postura para ataque lateral y con el aura de la oscuridad que lo arropaba, lanza el ataque. Yaro lo ve venir pero muy confiado de poder ripostar el ataque también lanza el suyo.

Adrián y Yaro colisionan, en el ataque Tras atacar a Yaro con la Gran Espada de Oscuridad, Adrian rebota volando en el aire y las sombras lo cubrían amortiguando su caída al suelo. Quedando así en medio de la habitación y boca abajo.

Yaro también al recibir el impacto del ataque, quedaba de rodillas cerca de las ventanas rotas con una herida en su pecho, pues logró ser alcanzado por la Gran Espada de la Oscuridad. También, lamentablemente la espada Fuego del Norte se había quebrado y esto eran malas noticias. Yaro perdía la consciencia a pesar de que se mantenía de rodillas delante de las ventanas rotas.

"Oh, no!" -dijo Llaphet muy preocupado al ver que Yaro salió herido y que también la espada Fuego del Norte se había quebrado- "Tengo que hacer algo y debo pensar rápido ó si no Yaro morirá. Si ataco en este momento, quizás pueda acabar con Adrián de una vez y por todas, pero si me tardo en ejecutar el ataque Yaro de cierto no aguanta y lo perderé."

Llaphet no lo pensó dos veces, pues tenía que reaccionar de inmediato. Con gran concentración se prepara para atacar al joven Adrián y así evitar que se recupere y vaya a acabar con Yaro. Entonces cerrando las manos, unas corrientes de arenas bajaron por los antebrazos y cubriendo sus puños para formar los Puños de Tierra del Oeste.

Pero cuando Llaphet se apresuraba para atacar a Adrián, Zombra se manifiesta de inmediato, como si fuera un aura oscura alrededor del joven príncipe y le incorporaba nuevamente.

Ya no era más el joven aquel que todos conocían, aquel Adrián tan educado y admirable. Su corazón estaba lleno de odio y de sed de venganza. Estaba sumergido en las tinieblas del Señor de la Oscuridad.

Zombra extendía sus garras las cuales se arrastraban por el piso, (como cuando una sombra se extiende en el campo por el cambio del sol sobre los árboles) y éstas se movían en dirección hacia la espada Fuego del Norte que había sido quebrada y se encontraba frente a un Yaro inconsciente. Al acercarse las garras de Zombra a la espada de Yaro, comenzó a absorber una luz roja de ella. Es precisamente el mismo momento en que un meteorito choca con el pico de la montaña Bulkan.

Llaphet con los Puños de Tierra listos, saltaba contra Adrián. Adrián levanta la gran espada y lanza un ataque contra Llaphet el cual es fácilmente esquivado. Para rápidamente Llaphet contraatacar, viendo que hay un blanco perfecto para conectar en el abdomen del joven Adrián. Al conectarle tan fuerte, Llaphet entiende que fué más que suficiente para derribarlo y se sonríe tras tener éxito en el golpe.

Llaphet le dice: "Muy lento para ser un kan-kan que conoce el arte de combate, te falta mucho para igualar a tu padre Ruggio… Te contaré un secreto. No serás tú el rey, el verdadero heredero y rey es aquel a quien la espada Fuego del Norte ha elegido. Ése que vez allí, es tu primo Yaro el hijo legítimo de Reiix." -le dijo Llaphet a Adrián, revelando toda la verdad.

Un silencio, por un instante, dominaba el escenario entre ellos. Llaphet solo esperaba que el joven Adrián cayera derribado al suelo. Pero de repente...

"¡JA JA JA!" -una perturbadora carcajada sale de la boca de Adrián.

Entonces, en fracciones de sekronnox, como si fuera un momento retrospectivo, Llaphet recuerda el consejo de su abuelo Phellix cuando le dijo:

"Recuerda siempre, que tu defensa es tu mejor ofensiva."

"¿Que hice?" -se decía Llaphet a sí mismo- "Debí defender y no atacar."

"¿Me creés muy débil, no?" -dice un Adrián muy diferente al que él conocía- "Ya es muy tarde, el cuerpo de Adrián me pertenece y el norte será solo el comienzo de mi imperio sobre la faz de todo Errex." -era Zombra quien hablaba a través de Adrián.

Y agarrándole el puño, el que Llaphet le había conectado, se lo apretó tan y tan fuerte que lo hizo polvo, como si fuera nada, lastimando también la mano del Sak'Eki. Luego las garras de Zombra absorbieron una luz amarillenta de aquel puño roto.

Llaphet saltaba y se apartaba cayendo cerca de Yaro, para retroceder y así tratar de evitar que tanto él como Yaro sean víctimas del ahora marioneta del mal, Adrián.

"¡JA JA JA! ¿Por qué huyes ahora?" -Zombra se reía muy despiadadamente.

Llaphet entiende que él solo no podrá contra Zombra, entonces agarra la espada quebrada y a Yaro por la cintura y salta con él por las ventanas rotas del cuarto al vacío.

~ Mientras tanto – Fiestas del Norte ~

Muchos de los presentes, que aún disfrutaban de las fiestas, pudieron presenciar algo que descendía del cielo, eran como una bola de fuego o un meteorito. Caía muy al norte del Castillo Kan-kan y golpeaba el pico de la Gran Montaña Bullkan. Algunos pensaron que era parte del espectáculo y otros alegaron haber visto al meteorito descender desde los cielos. Pero otros mayormente ancianos se cuestionaban si era que la Gran Montaña Bullkan estaba despertando haciendo alusión a una antigua profecía o tal vez un mito de la región norte.

Kiara, Ratta'tax, y las mellizas llegaron donde estaba Arya, Ovy y Jesika, quienes les esperaban, pero tanto las marakuas, como los sau'rex, habían decidido

regresar a sus reinos respectivamente, por motivos
obvios de seguridad. Las Fiestas del Norte estaban
canceladas por lo que restaba de la primavera. La
multitud en su gran mayoría no lograban entender qué
sucedía y por qué cancelaron las fiestas. Esto era algo
sin precedentes. Estaban muy molestos, pero aún así lo
mejor era largarse de la región norte.

"¡Papá! ¡Mamá!" -dicen a coro las hermanas.

"Mis Señores del Este. Mi reina del Norte." -con
mucho respeto y formalidad se inclinaba Kiara ante los
Dukes y Arya.

"Princesa Kiara, no tienes que inclinarte ante
nosotros. Somos deudores de tu valentía y coraje." -le
contestaba Arya, mientras que eran los Dukes quienes
la honraban inclinándose ante ella.

Mirando Ratta'tax con asombro tanta formalidad, pues
no había visto a tantos reyes, princesas y reinas en
mucho tiempo, se inclinaba también sin entender qué
sucedía del todo. Pero de lo único que se ha enterado
es de que supuestamente a Yaro lo han confundido ó
es entonces del todo cierto, que Yaro es el verdadero
príncipe de los kan-kan y que puede que esté en
peligro, pues es lo que le han revelado las mellizas y
Kiara.

"¿Donde está Yaro?" -preguntaba Ovy, al ver que no estaba con ellas y que solo un roedoro las acompañaba.

"Tenemos un problema papá." -contestaba Nahy.

"Yo diría más bien que tenemos dos problemas, mi querida hermana." -añadía JesNahy en tono sarcástico- "El primero es que Yaro no llegó nunca a los acueductos como lo planificaron."

"Ok... y ¿cual es el otro problema?" -le pregunta Ratta'tax curioso al fin.

"Que ahora tenemos que cuidar de la mascota de Yaro por obligación, en lo que él aparece." -le contestaba JesNahy mirando a Ratta'tax y guiñandole un ojo.

"¡QUE NO SOY SU MASCOTA!" -Ratta'tax caía en la trampa de JesNahy, quien no perdía un instante para sacar de sus casillas al pequeño parlanchín.

"¡Basta!" -les mandaba Ovy a comportarse.

"Yaro puede estar en peligro y no debemos perder el tiempo." -añadía Arya muy preocupada.

"Sigue al Este y no se detengan por nada." -Ovy le daba instrucciones a su esposa Jesika y a sus guardas- "Yo cuidaré de las niñas."

Jesika se despide de las mellizas. Pero ella va tranquila, pues entiende que sus jovencitas ya son las Armas Viento del Este y debe confiar que ellas ya están capacitadas para la primera misión. Además, su padre ha prometido protegerlas.

"Me disculpan, pero yo no puedo tardar más," -interrumpió Kiara muy preocupada- "pues fué lo acordado con Llaphet y mis marakuas, que lo antes posible debía regresar, y me esperan en la ruta que sigue al sur."

"Cierto, -dice Ovy- pero no debes ir sola. Así que Nahy te acompañará."

"¿Yo? Ok papá!" -dice Nahy.

"Y ¿por qué Nahy y no yo?
-preguntaba JesNahy- Ah claro, ya se! Porque ella es la mayor y yo la menor.¿ Acaso no soy tan capaz de cuidar de la princesa y de la mascota? Perdóname, debo decir Ratton'tox."
(JesNahy le saca la lengua a Ratta'tax).

"¿En serio¿? Ratton'tox?"
-protestaba Ratta'tax contra JesNahy una vez más, ya que no le quitaba las plumas de la cara.

"¿Pues, sabes qué?" -dice Ovy-
Tienes toda la razón JesNahy!

"¿Qué? Pero papá..."
-protestaba Nahy sin imaginarse el porqué su papá
cambiaba de opinión.

"Ya está decidido. Esta sera tu primera misión. Lleva
sana y salva a la princesa Kiara y a la mascota de Yaro
al sur." -le decía Ovy a JesNahy dándole confianza y
valor, mientras el pequeño roedoro ya se daba por
vencido entre los sobrenombres que le ponían y el
atribuirle el título de mascota de Yaro.

Ovy le dá un abrazo a JesNahy para despedirla
mientras le hace una guiñada de ojos a Nahy, dándole a
entender que esto era justo lo que él quería. Que
JesNahy fuera al sur con la princesa y no al oeste.

"¿Oh?... ¡Ahh..!. ! ok!" -decía entre labios Nahy a su
padre, sin que JesNahy se diera cuenta.

Ratta'tax se rascaba la cabeza pues todos sus planes
ahora se los llevaba el viento y sin saber nada del
paradero de Yaro.

"¡UN MOMENTO! -interrumpió Ratta'tax, quien exigía
explicaciones ante todo- "ALGUIEN TIENE QUE
EXPLICARME... ¿QUÉ ESTÁ PASANDO AQUÍ?"

"Tranquilo Ratti'tax ya tendremos tiempo, de camino al
sur te lo explicaré todo." -le dijo Kiara con una sonrisa.

Así salen ellos tres hacia el sur mientras Ovy y Nahy van volando por Yaro al Castillo Kan-kan.

Van cayendo desde las ventanas del cuarto de Reiix hacia las afueras del castillo, Llaphet con Yaro al hombro. Quien prefirió arriesgarse lanzándose al vacío, antes que morir en las garras de Zombra.

Capítulo 15

HUMO Y TROMPETAS

Ovy y Nahy, al volar hacia el castillo, lograron ver cuando ellos saltaban por las ventanas y vuelan a toda prisa como un águila cuando se precipita al ataque de su presa. Logrando con éxito atraparlos en el aire y salvando sus vidas, sobrevolaron con ellos hasta ponerlos en tierra firme.

"Gracias Duke y gracias princesa." -dice Llaphet, sintiendo un gran alivio- Llegan justo a kronnox. La situación se ha complicado y a gran escala."

"¿A qué te refieres cuando dices a gran escala?" -le preguntaba Ovy.

"Z"... -le contestaba Llaphet con voz temerosa y una mirada penetrante- "Ha regresado Z."

"¿QUÉ?" -Ovy, casi incrédulo a lo que decía Llaphet, le cuestionaba un tanto confundido.

"¿A qué se refiere señor Sak'Eki?" -le cuestionaba la joven Nahy.

"Esto es algo que no logro comprender mi querida princesa." -decía Llaphet, quien aún se encontraba recuperándose del enfrentamiento del pasillo y lo ocurrido en la habitación de Reiix- "Pero está más que claro, la evidencia está en el joven Yaro."

Nahy y su padre miraban a Yaro y ven que se encuentra inconsciente y que está con una herida de gravedad en su pecho.

"Ésto no fue producido por cualquier arma." -dice Ovy, quien al ver la herida de Yaro se da cuenta que la herida es producto de un Arma Oscura.

"¡Exacto!" -le dice Llaphet- "Será mejor que actuemos rápido. Hay que salir de aquí lo antes posible. Si existe alguna cura para salvarle la vida a Yaro, solo la encontraremos en el oeste. Solo abuela lo sanará."

"Nahy, dirígete con ellos al oeste, protégelos con tu arpa. Por eso te necesitaba a tí aquí y no a JesNahy. Porque tú eres la sanadora y JesNahy es la que causa daño. Pero antes, restaura las fuerzas a Llaphet." -le decía Ovy a su hija Nahy.

A todo esto, Yaro trataba de abrir los ojos y solo se podía escuchar fragmentariamente lo que hablaban.

"Ra- ...tta'- ...tax." -le oía decir Nahy a Yaro, cuando le acercaba el oído a su boca.

"Tranquilo joven Yaro, Ratta'tax está a salvo y tú lo estarás también. Yo cuidaré de tí, lo prometo." -le decía Nahy mientras tomaba el Arpa de Viento en sus manos.

Era impresionante ver esta arma legendaria. El Arpa Viento del Este. Clavijas y bordes de oro puro. Pero lo más impresionante, era que no poseía cuerdas normales. Las cuerdas solo aparecían al Nahy poner las manos para tocar el arpa. Estas eran luces multicolores que al tocarlas producían una melodía muy sublime. Nahy poseía una voz angelical que al combinarla con la melodía del arpa resultaba en un cántico armonioso de sanación.

~ Cuarto de Reiix – Castillo Kan-kan ~

"Que no escapen. Pondrán bajo arresto a Llaphet y al intruso que va con él. Los quiero ante mí ahora." -dice Adrián a otros soldados más que llegaron al cuarto.

"Acaban de saltar por las ventanas y ellos dos son los culpables de que mi padre haya muerto." -le continuó diciendo Adrián- "Que se active el protocolo de alerta máxima. Estamos en guerra."

Inclinándose ante Adrián no reclamaron nada, guardaron silencio un segundo y salieron corriendo a sonar las trompetas para dar los avisos pertinentes.

Trompetas sonaban en el norte mientras se avecinaba la noche, en menos de una hora se esconderá Vicky. Pero esta vez, no son sonidos de fiesta, ni mucho menos de júbilo por las celebraciones de la paz, si no más bien era un sonido de alerta, ante un atentado enemigo al reino del norte, el cual ponía fin a dicha paz. Humo rojo salía de la chimenea que daba los avisos al pueblo. Este avisaba la muerte del rey del norte. Una triste señal que calaba hondo en el corazón de muchos, pero sobretodo en el de su esposa la reina Arya.

Mientras las trompetas anunciaban un posible atentado contra el norte. Cientos de habitantes de todos los pueblos y aldeas que se habían reunido a los alrededores para las celebraciones, ahora corrían confundidos al entender que un posible conflicto podía desatarse. De esta manera la desesperación se apoderaba de las masas. Tras las trompetas sonar, los puentes que dan acceso al sur, al este y al oeste son levantados para evitar que escape algún posible traidor o enemigo. Ya que, Adrián dominado por Zombra, tomaba las riendas del reino del norte. Acusando a Llaphet el Sak'Eki del oeste de alta traición y al joven kan-kan de robar la espada Fuego del Norte.

~ Puente fronterizo camino al sur ~

JesNahy, Kiara y Ratta'tax escucharon el sonar de las trompetas que alertaban a toda la región. Al ellos fijar la mirada al norte, ven humo rojo saliendo del castillo.

"¿Qué está pasando?" -preguntaba muy preocupado Ratta'tax- "Exijo, como colegas que somos una explicación."

"¿Colegas? En qué somos colegas tu y yo Ratton'tox?" -dice JesNahy.

"¿Cómo te atreves, número uno, a llamarme Ratton'tox. Mi nombre es Ratta'tax. ¿Cuántas veces te lo tengo que repetir?" -le señalaba Ratta'tax con sus ojitos cerrados tratando de mantener la calma- "Y número dos, ¿cómo te atreves a ser tan desconsiderada y no entender que tu y yo somos los guardianes "V.I.P." de la princesa Kiara en nuestra misión al sur?" -le discutía Ratta'tax.

"¿Nuestra? ¿Nuestra misión dices?" -JesNahy no se cansaba de mortificar la paciencia al roedoro y con una risa por dentro le seguía llevando la contraria- "Que yo sepa, la misión fue asignada solo y exclusivamente para mí."

"Yo te explicaré todo con lujo de detalles tan pronto como lleguemos al sur. Por el momento, debes saber que ese humo rojo que sale del castillo significa que el rey del norte, Reiix, ha muerto. Y las trompetas han alertado al norte, que hay un posible atentado contra el reino." -le dijo Kiara a Ratta'tax para interrumpir su discusión con la melliza, pero éste no le hizo mucho caso ya que prefirió seguir discutiendo con JesNahy acerca de la misión.

"¡Oh!..." - Ratta'tax hacía una pequeña pausa ante lo dicho por Kiara, pero volvía a discutir con JesNahy- "Pues yo estoy asignado primero que tú en esta misión y tanto así que fui asignado por la misma Kiara. Quien acordó una buena suma de dinero para que la llevara a las fiestas y luego la regrese al sur. ¿Verdad princesa rana?

Mientras ellos discutían, Kiara se les adelantaba unos cuantos pasos en dirección al sur, ignorando sus argumentos por unos segundos. Ella nota que las dos guardias marakuas que la esperaban, ya no están en donde acordaron esperarla. Preocupada por esto, pone su mirada más al horizonte y puede ver muy a lo lejos un gran embotellamiento. Era una gran multitud de ciudadanos, los cuales habían asistido a las fiestas y se encontraban prácticamente detenidos, sin poder cruzar por el puente de la frontera sur que sigue a la Región Central de Errex.

Recordemos que la Región Central de Errex, es una vasta región que no es regida por ninguno de los reinos como tal. Aunque hay zonas, sobre todo el camino principal, "La Vereda de los Cuatro Reinos", que lleva a los cuatro puntos cardinales, están bien aseguradas y vigiladas por cualquiera de los cuatro reinos (esto a conveniencia de cada uno), la verdad es que más de un ochenta por ciento de esta región es desconocida. Manglares, zonas pantanosas, bosques encantados, ciudades antiguas como laberintos, y hasta un paraíso escondido son algunos de los lugares que se dice poder encontrar en esta región tan desconocida. Pero esto es algo que ya lo hablamos anteriormente, así que solo les recordaba una vez más.

"¡Oh, no! Tendremos problemas." -se decía a sí misma, pues también pudo ver el puente fronterizo del sur muy custodiado por varios soldados kan-kan. Estos eran los que impedían la salida y la entrada al norte, no sin antes pasar por un riguroso cotejo de seguridad. Kiara entonces pudo entender que esta era la razón de aquel gran embotellamiento en la frontera.

"¡Hey chicos, vengan! -le indicaba Kiara- "Vean esto."

Ambos paraban de discutir y corrían sigilosamente hasta donde estaba la princesa Kiara.

"Estamos en problemas. Hay que cruzar ese puente que va al sur y está siendo bien vigilado por guardias Kan-kan. La multitud es mucha pero aún así podríamos ser detectados. Para eso necesitaremos idear un plan."

"¿Plan dices? -decía Ratta'tax, alardeando de su supuesta virtud para idear y llevar a cabo un plan- "Les tengo buenas noticias. Mi plan nunca falla. Dejen al experto en esta materia, o sea a mí por supuesto para que esté a cargo del plan."

"¡Oh no! Creo que esto se va a complicar aún más de lo que pensaba." -decía la princesa con ojos aguados al escuchar a Ratta'tax salir hablando de su habilidad para hacer planes.

"Eso sí, será necesario aplicar unos impuestos adicionales por cada plan que sea aplicado en esta misión al sur. A ver, a ver... si aplicamos el "Plan K" o el "Plan J" sería unos tantos..." -añadía el pequeño parlanchín mientras de su mochila sacaba la libreta de cobros y su puntero de la gorra, para añadir a lo que ya le debía la princesa, para ser cobrado al final de la travesía.

"Éste Ratton'tox es la mascota más costosa que en todo Errex he conocido." -decía una JesNahy muy impresionada ante las declaraciones de Ratta'tax.

Kiara y JesNahy se miraban una a la otra, "¡MASCOTAAAA! ¡ESO ES!" -al unísono gritaba esta vez Kiara con JesNahy como si ambas compartieran la misma idea, mientras el pequeño parlanchín seguía filosofando acerca de qué plan sería el que ejecutarla. Para luego darse unas guiñadas de ojos y sonreír. Al parecer ambas pensaron en lo mismo y así descartar todo plan del roedoro. Pues esta vez, el plan era otro.

Capítulo 16

LA CORONA DEL NORTE

Sube las escaleras y corre por los pasillos del castillo kan-kan, muy desesperada y desconsolada, la reina del norte. Al llegar al pasillo más cercano a la habitación del rey y la suya, ve que el área está siendo limpiado por la servidumbre. Era evidente que hubo un enfrentamiento en este lugar. Esto afectaba emocionalmente aún más a la reina. Rápidamente los que limpiaban, al ver a la reina, bajaban el rostro y le daban las condolencias. Algunos de ellos se les notaba llorosos al hablar. Muchos pensamientos y recuerdos bombardean la mente de la reina Arya. Solo esperaba que Yaro estuviera con vida, ya que acababa de perder a su esposo y perder a ambos sería devastador para ella.

La reina, aún no ha visto al joven Yaro, pues como parte del plan y para no levantar sospechas ante Adrián, era necesario que ella estuviera pendiente a las actividades protocolares. Solo recuerda como si fuera ayer, aquella primera vez que logró verlo cuando lo dio a luz, momento en que lo beso y lo despidió con un llanto desgarrador desde su alma en los brazos de Llaphet. Todo fue un gran sacrificio para preservar su vida.

Arya continúa la marcha hasta las puertas de su cuarto, las cuales estaban bien custodiadas por soldados que pertenecen al escuadrón personal y de confianza del príncipe Adrián. Esto no le parecía nada bien a la reina y el ambiente se notaba muy tenso. La reina respiraba hondo pues tendría que lidiar a lo mejor con la prepotencia de su sobrino. Adicional se encontraría con la triste escena del ya fallecido Reiix.

"¿Qué has hecho?" -una llorosa Arya, se encuentra con Adrian al entrar, quien aún permanece contemplando el cuerpo de Reiix en la cama- "¿Por qué mandas a sonar las trompetas como si hubiera un atentado contra nuestro reino? ¿Intentas traer conflictos entre los demás reinos y el nuestro?"

Adrián guardaba silencio ante todo lo que decía la reina. Pero al ella fijarse bien en Adrián, nota que él tiene en sus manos la corona de Reiix pero no la espada Fuego del Norte. Arya se le acerca pues sabe que es probable que Yaro ha sido encontrado y es quien debe ser proclamado nuevo rey.

"Tu eres nuestro sobrino." -le dice en tono lloroso la reina- "Tu sabes muy bien que tanto Reiix, como yo, te hemos criado como nuestro propio hijo. Tú no sabes cuan doloroso es para una madre el tener que dejar ir a su hijo recién nacido, por culpa de la amenaza de quien fue tu padre Ruggio. Y sufrir por quince largos años la amargura de que mi hijo estaba perdido o peor aún, el solo hecho de pensar que había muerto. Para que luego de esos quince largos años, me digan que han encontrado a mi hijo." -volvía a explicarle Arya tratando de controlar su llanto y hacerle entender a Adrian que el verdadero heredero al trono era aquel joven kan-kan que confronta hace un rato.

"Ambos escaparon, el traidor y el impostor." -contestaba Adrian refiriéndose a Llaphet y a Yaro sin importarle nada de lo que le dijo la reina- "No necesito escuchar tus sermones, ni mucho menos que hables de mi padre Ruggio de esa forma."

"Aquí el único traidor fue tu padre Ruggio y ahora... ¿quieres tú imitarlo?" -le contestaba la reina muy enfurecida por como les llamó a Llaphet y a su hijo Yaro.

"Ahora..." -decía Adrián mientras se colocaba la corona de Reiix en su cabeza- "Yo soy el nuevo rey del norte. Y tú... Tú no eres mi madre, ni tampoco serás más la reina en el norte. Nunca has sido del linaje real. No eres rojiza. No eres nadie. Arya esposa de Reiix, queda destituida de su cargo, por alta traición y conspiración contra la corona del norte. Guardias llevesela, es una orden." -dicía Adrián con la corona en la cabeza y con la mente dominada por el Señor de la Oscuridad.

"Ehh, no creo que este plan "Mascota" funcione." -dice muy molesto Ratta'tax- "Debimos seguir mi Plan J."

Esto lo decía porque Kiara y JesNahy se hacían pasar por simples chicas que bajaban al sur tras comprar una mascota en las fiestas y necesitaban llevarlo como regalo a otra amiga. De esta manera no levantaría sospechas y podrían cruzar el cotejo de seguridad.

Al llegar frente a los guardias, tanto Kiara como JesNahy se las ingeniaban con sus falsas sonrisas y un Ratta'tax que les decía:
"Chuii - Chuii".

Así les dejaban pasar al ver que ninguno de ellos era Llaphet, ni el joven kan-kan que tanto buscaban.

~Frontera Noroeste~

"Ok, ya me siento con nuevas fuerzas, gracias Nahy."
-le dice Llaphet.

"No es nada, pero Yaro aún no sana. No entiendo por qué? Por más que trato es imposible sanar esta herida."
-añadía Nahy.

"No sanará con tu arpa, -le dice Llaphet- "ni con tus canciones. Es un ataque producto de la Gran Espada de la Oscuridad. Solo lograrás aliviarlo y mantenerlo con vida por el momento. Debemos llevarlo al oeste lo antes posible. Existe solo una persona en la región oeste que puede curarlo. Ella puede crear una poción que le sanara esta herida."

"Pero, ¿estás seguro que era la Gran Espada de Z?" -preguntaba aún muy sorprendido el rey Ovy, a lo que con un solo gesto de afirmación le contestaba Llaphet.

"Entonces ha regresado. Si es así como dices, tenemos serios problemas." -decía con asombro Ovy.

"Mi abuelo debe estar ya lejos de camino al oeste y él es quien puede avanzar a llevarlo a donde la anciana, "La Sabia de los Libros", para que lo sane. Además tendremos que volver a escuchar de ellos la profecía." -decía el Sak'Eki, refiriéndose a la sau'rex que puede curar a Yaro y que además son ellos quienes conocen de una antigua profecía que habla acerca del regreso de Z.

"¿Qué profecía? Y quien es esa Sabia de los Libros que mencionaste?" -preguntaba Nahy al no entender a cabalidad a que se refería Llaphet.

"Tranquila, pronto sabrás todo sobre ella y de la antigua profecía." -le contestó Ovy.

"¡ALTO, NADIE SE MUEVA!" -gritaban unos soldados del norte al encontrarse con ellos, para luego indicar a otros que dieran el aviso al nuevo rey Adrián, que ya los encontraron.

Ovy y Llaphet se les ponen de frente protegiendo a Nahy quien aún sanaba a Yaro. Pero Ovy al ver que seguían llegando más guardias, no lo pensó dos veces y le da unas instrucciones a Llaphet y a Nahy.

"Llaphet ve al oeste con Nahy y Yaro, no paren por nada del Errex, yo detendré a los soldados." -indicaba Ovy.

"¿Estás seguro de lo que piensas hacer?" -le cuestionaba Llaphet.

"¿Pero papá? No te dejaré aquí solo." -le indicaba ahora Nahy,muy preocupada al entender que Ovy se sacrificaría por ellos.

"Es una orden jovencita. Ésta, también será tu primera misión. Protege a Yaro y a Llaphet y llévalos seguros al oeste. ¿Entendido?" -esta vez Ovy no le hablaba como su padre, más bien como su comandante en jefe, con la autoridad que poseía sobre toda la raza aqwilla.

"¡Si Señor!" -contesta Nahy al recibir la orden.

Yaro es cargado por el pequeño pero muy fuerte y ya recuperado Llaphet. Con un beso se despide Nahy de su padre para seguir a Llaphet y cuidar de ambos en dirección hacia el oeste.

"¡NO ESCAPARAN!" -gritaba el líder de los soldados
que los había encontrado.

"Primero tendrán que enfrentarse conmigo, yo seré
ahora su rival y no ellos." -les decía Ovy.

Pero seguían llegando muchos más soldados a
la escena y Ovy solo piensa en al menos ganar algo de
kronnox para que logren escapar al oeste Nahy, Llaphet
y Yaro.

"Estás perdido Duke. Ya no eres tú el Viento del Este.
Si no te rindes de inmediato morirás aquí y ahora." -le
advertía nuevamente aquel líder de los soldados.

Pero no había terminado bien de darle la advertencia
al soldado cuando una flecha atravesaba el hocico y lo
liquidaba en el acto cayendo al piso.

"Me subestiman demasiado. ¿Acaso creen que seré
presa fácil para los cachorros del norte? No por mucho
me llaman el Arco #2 del Este. Y tienen suerte que el
Arco #1 del Este no está aquí ya que le dije que se
fuera hace unas horas. Porque de no ser así, ninguno
de ustedes estuvieran de pie ahora mismo." -les decía
el Duke, mientras se refería a su esposa la Dukesa
Jesika quien poseía el título del Arco #1 del Este,
debido a su extraordinaria destreza en esta arma.
Jesika era la capitana al mando de la milicia de su reino

y por eso la importancia de salir antes para poder proteger El Nido de cualquier invasión.

Ovy extendía sus alas y levantaba vuelo, para mantenerse revoloteando entre ellos, guardando distancia y tumbando uno por uno a los soldados que estaban allí presente. Era cuestión de ganar tiempo ya que eran demasiados para él solo.

"Dense prisa, no sé cuanto podré aguantar." -se decía Ovy así mismo, como si les hablara a los que había mandado a huir, pero muy esperanzado de que su sacrificio y esfuerzo no haya sido en vano.

Capítulo 17

ABRE LA BOCA Y METE LAS ANCAS

~ Presente - Puente Fronterizo Oeste - Reino del Norte ~

Siguen pasando los ciudadanos del extranjero, ante la rigurosa seguridad en el puente fronterizo oeste del Reino del Norte. Tanto Guannda, la madre de Llaphet, Phellix, el abuelo, Llennipher, su hermana y los monjes, guardas del séquito del oeste, ya habían salido del norte y se encontraban de camino al oeste por el Desierto Arenas. Van esperanzados de que todo haya transcurrido tal y como lo habían planificado. Llennipher, preocupada por su hermano, torna su mirada en dirección al norte, pareciera tener un mal presentimiento. Entonces, al fijar bien su mirada a la zona de la Gran Montaña Bullkan, nota que un humo rojo daba una señal en los cielos y que éste provenía del Castillo Kan-kan.

Señales de humo, desde las casas reales, era la manera más efectiva para comunicarle al pueblo algo, en momentos de extrema importancia. Los colores del humo indican el tipo de aviso. Por ejemplo; el humo rojo en el norte indicaba la muerte de su rey, el de color blanco indicaba paz o fin de la guerra. En este caso el humo era rojo e indicaba la muerte Reiix, rey del norte.

"¡Oh ouh!" -dice Llennipher- "¿Por qué hay humo rojo sobre el castillo del norte?"

Todos detienen las wannas y hacen un alto a la marcha, para también observar lo que Llennipher decía.

"¿Cómo dices?" -Preguntaba Guannda con un tono triste y preocupada- "No puede ser. Ha muerto el rey del norte."

Por unos segundos, un sin fin de gratos recuerdos pasaban por su mente. De cómo la familia sau'rex de Lhando y Guannda y la familia kan-kan de Reiix y Arya habían disfrutado de una gran amistad por largos años.

"¡Esperen! ¿Qué es eso que se escucha?" -pregunta Phellix.

"¿A qué te refieres? Porque lo único que yo logro escuchar es el llanto de la reina Guannda." -le dijo un joven llamado Chrix, que les acompañaba en su regreso al oeste.

"No, no es eso lo que escuchan mis oídos."

-contestaba Phellix, pues su oído es muy sensitivo, pudiendo captar lo que otros no pueden escuchar normalmente, pero a veces usa un cuerno de taurino como excusa para confundir a los demás y en especial al enemigo- "Son trompetas. Tal parece que están indicando que ha sido un atentado contra el reino del norte. Al mismo tiempo, con el humo rojo, están dando a entender de que fué un atentado contra el mismo rey."

"¡Oh no, esto no huele bien!" -añadía Llennipher mientras abrazaba a Guannda para consolarla, ya que la reina estaba conmovida y sabía lo mucho que estaría sufriendo la reina del norte Arya.

"Vengan conmigo dos guardas con sus wannas y volvamos al norte. Chrix y los demás sigan al oeste y lleven con bien a la reina y la princesa." -indicaba el anciano.

""Pero, ¿por qué regresarás?" -le preguntaba Guannda no queriendo ver a su padre envuelto en algún conflicto- "Dame unos sekronnox y me repondré. Sacaremos a Llaphet del norte más rápido si te acompaño yo. -le decía Guannda a su padre, mientras secaba sus lágrimas.

"Tengo un mal presentimiento, Llaphet puede estar en peligro." -le contestó él'- "A demás no permitiré que vengas conmigo. Debes adelantar tu paso al oeste y si no regresamos serán Llennipher y tú quienes deben dirigirse a los Sau'rex. Deberán ser fuertes como roca y escudo de fe ante lo que se nos avecina. Y eso es lo que nunca perderemos la fe que nos sostiene en tiempos de angustia. Te prometo que volveré con Llaphet sano y salvo.

~ Castillo Kan-kan – media hora para que se oculte Vicky y salga Sheeba ~

"HOY, OFICIALMENTE, ¡NACE UN NUEVO IMPERIO!" -gritaba desde el balcón del trono un coronado y auto proclamado rey Adrián.

Daba el anuncio frente a los diez capitanes y a sus soldados de la Legión del Norte. Estos son el grupo élite más poderoso de los escuadrones del norte. Cada capitán está al mando de unos 1000 soldados listos para la guerra. Adrián indicaba sobre la traición de la reina Arya y del Sak'Eki quienes pretendían poner como rey a un intruso. Encargó, a que se harán los actos fúnebres de Reiix de manera privada y no permitió ninguna investigación adicional.

"Señor." -un soldado interrumpió y se postraba.

"Dígame." -le indicaba Adrian.

"La traición va más allá del oeste mi Señor. Hemos capturado a Ovy, rey del este." -le dijo el soldado.

"¿Que?" -dice el nuevo y autoproclamado rey del norte y nuevo emperador de Errex, Adrián.

"Aparentemente hay una alianza entre estos dos reinos. Pues Ovy protegía a Llaphet mientras huían con un kan-kan, y una de las princesas mellizas." -dijo al nuevo rey.

Mientras hablaba el soldado los ojos de Adrián se encendían en ira.

Entonces envuelto en arrogancia dijo: "¡Arrgh! Llevenlo a las celdas. Quiero que vea quien es el que gobierna de ahora en adelante no solo en el norte, si no en todo Errex."

~ Mientras tanto - Puente Fronterizo Sur - Reino del Norte ~

Una de las marakuas que esperaban a Kiara para llevarla al sur, la cual estaba detenida por las autoridades del norte, lograba divisar a la distancia a la princesa. Obviamente ella iba junto a Ratta'tax y JesNahy. Ya los tres habían cruzado el puente fronterizo y parecía que lo habían logrado sin mayores problemas. La otra guardia marakua también detenida. Ambas estaban siendo interrogadas, pues se les acusaba de ser cómplices de conspiración en el atentado al reino del norte.

"Esperen, nosotras somos inocentes. Y si no nos creen a nosotras entonces créanle a ella. -señalando a la princesa les decía la marakua. "Veanla, ahí va la princesa Kiara junto a dos más, ella lo explicará todo." -le decía la primer marakua a los guardias del norte.

"Ya verán que todo ha sido un mal entendido." -añadía la segunda.

"¡PRINCESA KIARA!" -le gritaba la primera marakua una y otra vez- "¡PRINCESA KIARA! ESTAMOS AQUÍ!"

"¡Oh! ¡No! Te está llamando una de tus ranas y nos van a descubrir." -dijo Ratta'tax al percatarse de que llamaban a la princesa. Reconoce que la marakua que la identificaba era una de las que una vez los persiguió en ciudad Citadel la vez del encuentro con Kiara.

La otra marakua, cuál de las dos más tonta, abre la boca y mete las ancas. También comenzaba a dar voces para que supuestamente Kiara viniera a interceder por ellas y liberarlas.

"¡PRINCESA KIARA! ¿NO VES QUE SOMOS NOSOTRAS? LAS QUE TE ESPERÁBAMOS PARA IR AL SUR TAL Y COMO LLAPHET LO PLANIFICÓ." -le gritaba con gran entusiasmo esperando un milagro de parte de su princesa.

"¿Qué dices? ¿Acaso están vinculadas todas ustedes con Llaphet? Entonces, con más razón permanecerán detenidas." -sorprendido uno de los guardias kan-kan de la seguridad del puente, se daba cuenta que acababan de dejar pasar a tres que estaban directamente relacionados con los sospechosos y tan buscados Llaphet y el intruso kan-kan.

"¡ATRÁPENLOS! ¡TRAS ELLOS!" -gritaba el de la seguridad mientras señalaba a Kiara, JesNahy y Ratta'tax.

"¡PLAN C! ¡REPITO! ¡PLAN C!" -gritaba Ratta'tax asustado al ser identificados.

"Que Plan C, ni que plumas. Por algo me escogió el elemento a mí. para ser la portadora del Arma. Estas plumas que tengo no son plumas de gallina. Ahora verás de lo que soy capaz. Solo observa y aprende Ratton'tox." -dice JesNahy- "¡Es hora del tiro al blanco!"

"¿En serio? ¿Otra vez me llamas Ratton'tox?" -le cuestionaba una vez más Ratta'tax con tono de enojo, olvidando por un segundo el problema principal en el que se encontraban.

JesNahy sacaba su arma. Ésta era la Legendaria Ballesta de Viento. Una ballesta de color perlado y oro muy brillante. Al JesNahy ponerla en sus manos para atacar, era impresionante ver cómo aparecen y desaparecen flotando y dando vueltas alrededor de la ballesta decenas de plumas multicolores.

"¡Wow! ¡Que impresionante! ¿Pero dónde están las saetas?" -preguntaba Kiara al ver que JesNahy no poseía municiones.

"¿Qué? ¿No tienes municiones?" -decía muy asustado Ratta'tax, pues estaba cuestionando cuál era el plan que pretendía ejecutar la princesa aqwilla- "Este plan tuyo no me parece estar al nivel de mi plan pichoncita."

"Tranquilos..." -decía JesNahy muy segura de sí- "Ahora sabrán por qué le llaman la Legendaria Ballesta de Viento del Este."

Era sorprendente ver como una saeta tras otra saeta de energía de color verdoso se cargaban en la ballesta cada vez que la joven disparaba. Con los ojos cerrados la joven disparó la Ballesta de Viento hasta que se cansó, de tal manera que levantó el polvo de la tierra creando una nube a tal forma que ya no se podían ver a los que venían por ellos.

"¡JA JA JA, ESTÁN ACABADOS!" -se reía la princesa JesNahy de forma burlona entendiendo que había derribado a los guardias.

Un sorprendido Ratta'tax solo podía imaginarse cuánto dinero ganaría si vendiera esa ballesta.

"¡HEY PICHONCITA, CUANDO TERMINEMOS CON LA MISIÓN ÉSTA, TENEMOS QUE HABLAR DE NEGOCIOS!" -le gritaba Ratta'tax lleno de ambición.

Mientras la nube de polvo se desvanecía, Kiara se daba cuenta que a los que JesNahy le disparó continuaban de pie, sin rasguño y muy enojados mirándolos. Había fallado todos los tiros.

"¡TRAS ELLOS! ¡QUE NO ESCAPEN!" -gritaba el soldado kan-kan..

"Ok mejor ejecutamos tu plan Ratton'tox." -le dijo JesNahy al pequeño, reconociendo que correr es la mejor alternativa en esos momentos. "¡A CORRER SE HA DICHOOOOO!"

Sin más que decir nuestros tres amigos levantaban más polvo que el mismo que JesNahy había provocado con su ballesta, al salir corriendo y huyendo hacia el sur de Errex.

Capítulo 18

VIENTO Y TIERRA

"¡ No te saldrás con la tuya!"
-le decía Ovy a Adrián desde adentro de una celda.

"¿Crees que me intimidan tus palabras?" -le señalaba Adrián con mucha prepotencia- "Te pudrirás en esta celda. Tus mellizas y todo el Reino del Este serán aplastados por mi imperio. Y no solo tu reino, también el Reino del Oeste por organizar un atentado contra mi reino, mi corona y mi Arma."

"No seas ignorante." -le contesta Ovy- "Te ha segado la oscuridad. Tu arrogancia y ambición por ser el rey del norte, ha nublado tus pensamientos. ¡Despierta! ¿Acaso no te das cuenta que es Z quien te tiene como su marioneta?"

"Tu y ese Llaphet están acabados. Ahora no solo reinaré en el norte, sino que todos los reinos de Errex se doblarán ante mí." -le contestó Adrián amenazando con reinar sobre todo Errex.

~ MIentras tanto - Puente Fronterizo Oeste del Reino del Norte ~

Era impresionante como Llaphet aún con lo pequeño que era, cargaba a Yaro, quien continuaba inconsciente. Es más, era como si para él, Yaro no pesara nada. A lo que Nahy se quedaba anonadada ante tanta fortaleza por parte del Sak'Eki.

Ellos se las ingeniaban para salir del reino del norte, aprovechando que Ovy les había ayudado a ganar tiempo. Ahora se encontraban frente a la multitud que pretendía pasar la rigurosa intervención de seguridad.

"Tendremos que luchar, pues no veo otra alternativa." -decía Llaphet, analizando el escenario frente a él.

"Pero es que son como unos veinticinco soldados, los que vigilan frente al puente." -le dice Nahy- "Además, nos siguen buscando los otros que detuvieron a papá. Que si llegan hasta aquí estaremos atrapados."

"Somos Viento y Tierra." -le dijo Llaphet. Yo solo podré luchar contra todos. Mientras escuche tu voz y tus cánticos me podras ir sanando."

"Si... eso... creo. Tienes razón. Esto es algo que ya lo he practicado en la rutina y el adiestramiento de la clase de voces y arpa anteriormente en El Nido. No creo que tengamos problemas. Solo que estaré a una distancia razonable para evitar que interrumpan la melodía." -le contestaba muy segura de sí misma la princesa Nahy.

"Vamos, ten fe. No dejaré que nada te suceda. Solo, lo que tienes que hacer es mantenerme sano y yo me encargo del resto." -le animaba Llaphet, para que también entrara en confianza.

Ambos se ponían de acuerdo mientras Yaro seguía inconsciente. Llaphet lo dejaba recostado en una esquina y a salvo para prepararse y entrar en batalla.

"Tan pronto como acabe con estos guardias vendré por tí." -le dijo Llaphet al joven kan-kan, aunque Yaro no mostraba reacción alguna a sus palabras.

"Yo estaré en rango mientras entono el canto y toco el arpa. Donde pueda alcanzar tanto a Yaro como a usted mi señor Sak'Eki." -le decía Nahy muy decidida a cumplir con su misión de proteger a sus compañeros.

"Basta de formalidad princesa Nahy, Puedes llamarme por mi nombre. De ahora en adelante somos equipo y puedes llamarme solamente Llaphet. -le señalaba el Sak'Eki a la nueva aliada y compañera de combate Nahy.

"Sé que no tengo uno de los Puños de Tierra pero no importa. Pelear contra 25 será pan comido con tu ayuda. Además no hay otra opción, porque si nos tardamos más, será un final distinto. Así que vamos, es ahora o nunca." -decía Llaphet añadiendo un grano de fe a su nueva compañera.

Se lanzaba Llaphet contra la seguridad que ocupaba el puente, mientras Nahy le cubría a la distancia.

~Castillo Kan-kan del Norte~

"¡SEÑOR!" "¡SEÑOR!"... -otro soldado mensajero se le acercaba apresuradamente y gritando al rey Adrián, quien aún estaba en la celda vociferando contra Ovy- "Discúlpeme mi señor, es que hay aviso de que Llaphet está en el puente de la frontera oeste luchando contra todos los guardias. Al parecer pretende huir a su reino y va junto a una de las mellizas del este. Además el joven kan-kan que tanto buscamos está con ellos."

Ovy lo escuchó y se calmó por un instante, pues esta noticia le daba un poco de alivio, ya que estaba muy esperanzado de que su hija y sus dos compañeros lograran cruzar al reino del oeste.

"No sé qué será peor, si una hija ver sufrir a su padre o un padre ver sufrir a su hija."
-le decía Adrián a Ovy mientras se alejaba de la celda para ir a confrontar a Llaphet. Dándole a entender lo despiadado que tan solo en una tarde se había convertido.

"¡No te atrevas a tocar a mi hija o te ARREPENTIRÁS!" -le gritaba Ovy mientras caía de rodillas en la celda, ante la imposibilidad de poder proteger a Nahy y compañía.

"¡JA JA JA!" -se reía el joven Adrián mientras se alejaba por los pasillos. Dejando solamente el eco de su malvada risa grabada en la mente del desdichado Duke Ovy, en lo más profundo del calabozo.

Atado por cadenas de manos y pies, quedaba el Duke Ovy, con la incertidumbre de qué le sucederá a sus hijas y de cómo logrará escapar.

"Z ha regresado, es evidente en la persona de Adrián y ese aura de oscuridad que le posee. Además esa gran espada es la misma que Ruggio trataba de alcanzar la noche de la rebelión." -se decía así mismo el Duke Ovy- "Me parece que solo nos queda escuchar la profecía de la anciana y mantener viva la esperanza de que Lux nos ayudará a enfrentar a Z una vez más. Espero que no sea muy tarde para el bien de todo Errex."

~ Región Central de Errex - El Camino ~

"Creo que los hemos perdido." -una agitada Kiara, comentaba a sus dos amigos y ahora compañeros, en su viaje de regreso al sur, Ratta'tax y JesNahy.

Después de tanto correr para que no los atraparan los guardias del reino del norte, era necesario tomar una pausa para respirar. Al parecer habían logrado escapar de sus perseguidores. Mientras tanto Ratta'tax, quien iba enganchado a las espaldas de JesNahy, no paraba de discutirle. Se hacía la víctima, para culparla por ser tan mala con la Ballesta de Viento y así tratar de convencerla para que le permitiera venderla y hacerla dinero.

"Si me hubiesen hecho caso a mí..." -decía Ratta'tax- "...esto no estuviera sucediendo." "Ahora soy uno de los criminales más buscados en todo Errex. Solo si hubieses seguido mi plan... bla, bla, bla (tanto Kiara como JesNahy, se miraban y repetían, toda la rutina monólogos de los planes de Ratta'tax con sus labios pues ya conocían el repertorio rudimentario del pequeño parlanchín.

"Además," -continuaba Ratta'tax- "...tu eres la peor de todas las aqwillas que yo conozco, en puntería con la ballesta."

"¿Ah sí?" -dice JesNahy.

"Pues sí." -le contestó él.

"¿Y a cuántas aqwillas tú conoces que usen ballesta?" -le preguntaba JesNahy.

"Pues eso no viene al caso." -dice Ratta'tax, ya que
solo conocía a JesNahy- "El punto es, que eres la peor.
Es más, te propongo un trato. Permítame vender tu
ballesta y verás cuánto dinero le ganaremos. Total, si tu
no sabes ni cómo utilizarla, ¿qué más da?"

"¿Que?" -JesNahy se molestaba y así continuaban los
compañeros de la princesa, discutiendo sin darse
cuenta que Vicky ya empezaba a esconderse por el
oeste.

Había que ir buscando donde refugiarse, eso era todo
lo que le preocupaba a Kiara.

~mientras tanto, en el puente fronterizo oeste~

"Detente. No tienes escapatoria." -le dice Adrian a un
Llaphet que sigue dando la batalla contra los soldados
imperiales del norte.

Solo debe eliminar a cinco más, que le bloquean el
paso hacia el oeste. Pero Adrián ha llegado a su
encuentro con un escuadrón de cien hombres para que
no haya la posibilidad de que escapen. Adrián se
percata de que Llaphet no se vé tan agotado y le vé un
aura blanco que le cubre. Se da cuenta que es Nahy
con su arpa que cantaba y le curaba a la distancia y que
Yaro está cerca de ella recostado en el suelo.

Adrián se baja de su taurino y saca la Gran Espada
de la Oscuridad de su espalda. Va caminando hacia

ellos dejando atrás a sus tropas ya que con una señal
indicaba que él mismo terminaría con ellos.

"¡ALTO!" -les gritaba Adrian.

De momento...

"¡Hiiii Yaaa!" -de un cantazo y a una velocidad tan
extrema que nadie pudo darse ni cuenta, derribaban a
los cinco guardias que bloqueaban el paso al oeste.

Era Phellix junto a sus leales sau'rex quienes llegaban
al rescate montados en las veloces wannas. Uno de
ellos tomó a Yaro y lo montó en la wanna. Nahy dejaba
de tocar el arpa y se disponía a correr, pero de un gran
salto, Adrián se puso frente a su camino. El nuevo rey
del norte pretendía al menos eliminarla a ella ante la
situación que parecía salirse de su control. Ella cierra
sus ojos y se cubre con su arpa. Adrian alzando la gran
espada le lanzó un ataque frontal a la melliza.

"Aaarrrggghhh." -se escuchó muy enfurecido al
ejecutar el ataque.

En ese preciso momento, Nahy pensó por unos
segundos que todo acabaría para ella. Abriendo los
ojos, ve a un anciano sau'rex parado firme como una
roca frente a ella que le salvaba la vida. No así su arpa,
el cual quedó desafortunadamente roto tras el ataque y
del cual también salió una luz blanca, siendo absorbida

por las sombras que cubrían a la gran espada y a
Adrián.

Adrián quedó aturdido y un tanto impresionado al ver
las habilidades del anciano sau'rex, que no solo había
salvado a la joven aqwilla, sino que también pudo evadir
con gran éxito el ataque de la Gran Espada de la
Oscuridad.

"Creo que ya has vivido demasiado, anciano
decrépito. Es hora de que tu y todos los sau'rex en el
oeste también paguen por su traición." -le decía Adrián
muy enfurecido a Phellix indicando a su vez con una
señal a sus tropas que no ataquen todavía.

El abuelo Phellix no se intimidaba ante las palabras
de Adrián pero tampoco las tomaba con liviandad. Así
que no perdía el tiempo y les gritaba: "¡CORRAN, NO
SE DETENGAN! ¡AL OESTE, YA!"

Capítulo 19

NADIE SABE LO QUE HAY EN LA OLLA

"Resiste padre mío, todo estará bien, no te me vayas."
-Llaphet le hablaba a su padre Lhando quien aún agonizaba en sus brazos- "¿Pero quién les ha hecho todo esto?"...

(Despertando de un horrible sueño)

"¡Uy... pero qué horrible pesadilla!"
-decía, desde un cómodo sillón, una doña y anciana sau'rex, que se despertaba de un mal sueño, en el cual veía a su yerno Lhando en brazos de Llaphet, tras ser víctimas de un brutal enfrentamiento.

Lhando era el padre del ahora Sak'Eki Llaphet y de la princesa Llennipher. Él era el Sak'Eki del oeste para entonces. Esposo de la valiente guerrera, Guannda, la hija de Phellix y la anciana. Lahndo fué un gran amigo para Raiion rey del norte. Gracias a esa gran amistad,

el norte y el oeste, gozaban de una armonía y una paz
como nunca antes la habían tenido.

"Tendré que avisarle del sueño a Phellix lo antes
posible. A ver si se aparece por ahí, ya que casi es la
hora de comer, y tengo listo el almuerzo desde
temprano. Por que eso sí que nunca se le olvida a este
viejo, venir a comer."
-continuaba diciendo la anciana mientras se levantaba
del cómodo sillón donde se había quedado dormida.

Seguía platicando la doña como si hablara con Vicky,
quien se escondía parcialmente tras las nubes por su
ventana.

La anciana, es la madre de Guannda, como ya
dijimos, pero se ha mantenido fuera de todo lo
relacionado al reino, ya que prefiere vivir tranquilamente
en su humilde hogar, pues ella ha hecho de su cálido
hogar un codiciado castillo y de su cómodo sillón un
verdadero trono en medio del desierto y los espinares.

"Yo solo espero que no se ponga con sus cosas,
porque siempre se hace el sordo y el cojo. Yo no
entiendo algo, ¿por qué cuando él se pone a entrenar
con los otros ancianos, no le duele ni la cola? Además,
en el centro del espinar, donde se la pasa metido
bochinchando, él todo lo escucha a la perfección y sin la
necesidad del cuerno taurino, mientras que aquí hay
que repetirle las cosas setenta veces siete. Ya verá

cuando regrese." -decía ella con gran carácter y autoridad.

Esto lo decía porque Phellix acostumbraba usar un bastón para caminar y un cuerno de taurino como instrumento para aumentar su audición, pues decía ser sordo de un oído y que una de sus piernas ya no le respondía como antes, por lo cual usaba el bastón.

Phellix había sido Tierra del Oeste por mucho tiempo pero al pasar de los años el Arma escogió a otro. Ahora era su nieto Llaphet.

"¡Nadie sabe lo que hay en la olla!" -decía emocionado Phellix, haciendo su entrada, apoyado de su bastón, en la humilde casa de su amada.

"Más que la sau'rex que la menea, y esa, soy yo, Doña Ningho!" -le contestó la doña, quien se encontraba en la cocina detrás de un caldero terminando de calentar el guisado de viandas y carnes que tanto le gustaba a su querido Phellix.

"Estaba esperándote." -le decía ella- "Siéntate a la mesa y come, porque tendrás que ir al norte."

"¿Qué dices? ¿Que hoy no habrá postre?" -un supuesto sordo Phellix bromeaba con su eterno amor.

"¡Ah! ¿Ya vas a hacerte el sordo otra vez?" -le dice ella con el cucharón en la mano, parecía que le amenazaba.

"Uff. Hasta cuando aguantaré a este viejo. Sale Vicky y se esconde. Sale Sheeba y se va. Pero mi castigo nunca termina." -decía así de la boca para afuera, pero en su corazón latía la verdad de que su vida estaba vacía y sin sentido si pasaba un día sin ver a su amado Phellix.

"Escuchame bien porque no te lo voy a volver a repetir. -le decía ella muy agitada- "Que... tendrás... que ir... al norte. Y espero... que llegues... a tiempo." -le decía pausadamente y en tono alto por el cuerno taurino, para que no hubiera excusa de que no la escuchaba y no la entendía.

"Acuérdate mi doña, que yo soy sordo." -le refuta Phellix mientras se sentaba a la mesa pues se moría de hambre y aunque supuestamente estaba medio sordo, su nariz y el sentido de olfato lo tenía bien desarrollado- "Pero, ¿por qué al norte? Es que yó..."

"Es que tú, nada." -le corta muy tajante- "Come y pon mucha atención a lo que te voy a contar. Hace un rato tuve un horrible sueño... más bien una premonición."

De esta manera la anciana le contaba todo lo relacionado al horrible sueño, mientras él tomaba fuerzas con el guisado y así salir al norte y tratar de evitar una desgracia.

~ Presente - Puente Fronterizo Oeste - Reino del Norte ~

Haciendo uso de su bastón le cruzaba los brazos a Adrián provocando que se le cayera su gran espada. Un anciano pero muy diestro Phellix, desviaba el golpe lanzado por Adrián hacia Nahy. Adrian perdiendo el balance se ve obligado a poner una de sus rodillas en el piso. De repente el aura de las sombras que lo cubrían se desvanecía por el momento.

"¡He dicho que CORRAN!"
-gritaba una vez más Phellix, para así insistirle a los suyos a ejecutar la retirada.

Llaphet mira a Nahy pues aún parecía estar petrificada por lo sucedido y le toma de un brazo para huir junto a los demás que llevaban a Yaro hacia el oeste.

"¡No escaparan!" -decía Adrián muy enojado mientras se incorporaba y buscaba con la mirada donde había caído la gran espada para ir por ella. Pero Phellix se mueve un paso al frente para no permitirle alcanzar la misma y con un acto de valentía enfrentaría al ahora rey del norte y al temible Zombra que lo poseía.

Llaphet teme que su abuelo corra peligro, pero al ver que Adrián no portaba la Gran Espada de la Oscuridad ya que la misma estaba en el suelo y fuera de su alcance, se queda más tranquilo. Confiado de que su maestro de artes marciales y combate cercano está por encima de cualquiera en todo Errex. Así que continúa la marcha en la wanna con Nahy en sus espaldas, pero Nahy no dejaba de mirar al valiente anciano que prefería protegerlos con su propia vida de ser necesario.

Adrián no desperdiciaba la oportunidad de acabar con el anciano de una vez y por todas y aunque no tuviera al momento su gran espada era el momento para demostrarles a todos quién era el más poderoso en todo Errex. Así que se cuadra con los puños para atacar al anciano y se lanza con todo.

Phellix logra emplear un ataque tan y tan rápido con su cola que el rey del norte no logró percatarse y es derribado contra el suelo de inmediato.

Al caer al suelo, Adrián se dio cuenta de que la gran espada estaba a su alcance en esta ocasión. Adrian estira el brazo y logra levantarse con ella en las manos. Era impresionante ver como al portar nuevamente la Gran Espada de la Oscuridad, las sombras volvían a cubrirlo. Formando así el aura que anteriormente tenía.

"Esta vez no podrás contra mí." -levantando en alto la gran espada el joven Adrián se asegura esta vez de emplear el ataque final.

Pero cuando iba a atacar...

"Detente. No lo enfrentes."
-le decía Zombra a Adrián en su mente- "No pierdas el tiempo."

Pero Adrián prefiere ignorar las palabras de Zombra, porque había sido muy humillado frente a sus soldados.

Nahy, quien aún observaba a la distancia, mientras el grupo avanzaba en las wannas hacia el oeste, se puso muy nerviosa y sacó un grito.

"¡NOOOO!" -con lágrimas en sus ojos gritaba Nahy.

Por unos segundos pensó lo peor...

"Tranquila princesa del este..." -le dijo un encapuchado sau'rex que iba en otra de las wannas.

Adrián había traspasado a "Phellix" con la gran espada. Por unos segundos parecía que Adrián había eliminado al más grande de los guerreros del oeste y de todo Errex.

Nahy abrazaba muy fuerte las espaldas del Sak'Eki y bajaba el rostro envuelto en llanto. Pero al fijarse bien en el sau'rex que le habló para que se quedara tranquila, ve que el viento le remueve la capucha y se percata que era el anciano Phellix quien le consolaba.

"Pero… no puede ser…" -llena de asombro se cuestionaba la melliza.

Phellix le sonríe, mientras Nahy olvidaba el llanto para darle espacio a la alegría tan grande de saber que el anciano había engañado al joven Adrián e incluso a ella desde el principio.

"Te dije que no valía la pena enfrentarlo. Ya era tarde. Han logrado escapar." -le dijo Zombra a Adrian- "Ya volveremos a enfrentarlos."

Adrián se daba cuenta que lo que había enfrentado, después del momento que fue derribado por la cola de Phellix, había sido un clon de piedra. Una técnica muy antigua de manipulación e ilusión usada por los sau'rex ancestrales dentro de las destrezas de las artes marciales. Solo quedó Adrián con la gran espada enterrada en un montón de piedras, humillado una vez más.

"¡AAHH!" -Adrián gritaba super enojado a sus soldados, mientras Vicky se ocultaba en el horizonte de la región oeste, dándole paso a Shebba pues llegaba la noche para el mundo de Errex- "¿QUE ESTÁN MIRANDO? "

Era intolerable para el nuevo rey del norte pasar por tanta humillación. Pero esta vez las palabras de Adrián no parecían ser escuchadas por ellos. Sus soldados estaban petrificados del asombro ante todo lo sucedido.

Capítulo 20

PAZ EN MEDIO DEL DESIERTO

~ Los Espinares - Reino del Oeste – Dos semanas después de las Fiestas del Norte~

"¡Ya es hora de que vayas despertando, joven kan-kan!" -???.

Alguien parecía que le hablaba al joven Yaro, mientras éste despertaba del estado de inconsciente, tras ser herido por la Gran Espalda de la Oscuridad.

"Ha pasado mucho kronnox desde que llegaste a mi casa... pero tranquilo, porque aquí estarás a salvo. No hay peligro alguno..." -una voz sublime le continuaba hablando, pero su tono era como el de una anciana. Esta voz no era para nada familiar, pero a pesar de ser desconocida para Yaro, era una que no transmitía temor alguno, sino más bien transmitía paz y confianza.

Mientras tanto, él trataba de asimilar cuándo y cómo
había llegado hasta ese lugar. Va abriendo lentamente
sus pesados párpados, pues solo recuerda abrirlos de
vez en cuando para ser atendido por una hermosa
aqwilla, mientras él convalecía.

"¿Dónde... ? estoy?" -se preguntaba Yaro.

Por fin despertaba del todo, pero aún se encontraba
muy débil y adolorido. Trataba de cubrir su rostro con su
brazo derecho, ante la luz tan brillante de Vicky, la cual
se colaba por las ventanas de la habitación, para luego
sentir dolor y malestar en todo el pecho. Se toca el
pecho y nota que está vendado, protegiendo la herida
que le causó Adrian. Poco a poco y con mucho cuidado
va observando todo a su alrededor y se da cuenta que
está en una cama hecha de piedras, que aunque era
muy rústica, era también demasiado pequeña para él,
ya que sus piernas sobresalen fuera de la misma.
Luego, él mira al espaldar de la cama y vé que tiene
grabado en la piedra un nombre el cual logra leer.

"¿Llaphet?" -se cuestionaba Yaro y a la vez iba
recordando haber escuchado ese nombre antes.

En cuestión de sekronnox, lograba recordar que ése,
es el mismo nombre del Sak'Eki del Oeste, aquél que lo
llevó hasta el cuarto de Rey del Norte. Sus
pensamientos son interrumpidos nuevamente por la voz
de la anciana que lo despertó.

Yaro, va buscando quien hablaba, pues escuchaba la voz tierna de la anciana, que parecía dirigirse a él con sus palabras.

"Lo que más te agradará de mi casa, no será precísamente los lujos, tal y como los que encontraste en el Castillo Kan-kan del norte, pero de seguro que la paz y el calor de amistad que recibes aquí, es mucho más cálido que todo el fuego que te pueda brindar en el norte." -le dijo la anciana, para continuar hablándole sin darle tregua alguna, al aún confuso joven kan-kan- "Si miras por las ventanas hacia el este, (Yaro buscaba orientación desde la cama, dejándose llevar por la posición de Vicky, ya que era temprano en la mañana y Vicky se asomaba por el este), podrás ver a lo lejos a alguna que otra nave que atraviesan los cielos en dirección a El Nido el palacio de los aqwillas entre las nubes. Ese es el Reino del Este."

Era casi imposible para Yaro poder divisar a simple vista lo que le decía la anciana. Aunque lograba ver pequeños puntos surcando las nubes en esa dirección.

"Por otra parte, si miras al sur,..." (Yaro se incorporaba un poco, logrando sentarse para buscar la vista indicada por la voz de la anciana) "...podrás ver un pequeño riachuelo no muy lejos de aquí. El cual conecta el oeste con el sur. Éste, es el río Kulebrinax que también nos suple lo necesario para vivir aquí en medio del desierto."

Yaro fijaba bien la mirada para buscar y ver quien era la que le hablaba. Ahí estaba en su cómodo sillón la anciana sentada frente a la ventana que daba al oeste mirando al horizonte. La brisa mañanera acariciaba su rostro, soplando sus plateados cabellos. Era una anciana sau'rex.

"Ahora bien, acércate a mi lado jovencito. Vamos, levántate y camina hasta esta ventana que dá hacia el oeste.

(Yaro hacía un esfuerzo logrando salir de la cama y se acercaba para observar por la ventana lo que la anciana le decía.)

"Aquí solo verás un gran desierto lleno de espinares a ambos lados del camino de las arenas movedizas. No obstante al final del camino movedizo, encontrarás un gran oasis junto a un templo. Esa área del oasis y el templo lo llamamos el Templo Arenas del Oeste."

Yaro muy sorprendido mira a la anciana, quien con una sonrisa y ojos de ternura le estaba observando y ella le dice: "Esto, mi joven Yaro, esto es paz en medio del desierto."

"Perdóneme señora." -Yaro no comprendía nada de lo que le había sucedido y se dirige a la anciana para hacerle miles de preguntas que bombardearon su cabeza, entre las cuales estaba saber cómo era posible que ella conocía hasta su nombre- "Es que yo..."

"Hey, tranquilo, tenemos mucho tiempo para contestar todas y cada una de tus preguntas." -le decía la anciana- "Pero dejame presentarme por que no creo haberlo hecho antes. Mi nombre es Ningho. Bueno así me llaman mis amigos, mi familia y así me puedes llamar también tú. Tenme confianza, aquí estarás a salvo por ahora y tu herida ya sanará por completo, pero antes de seguir hablando y que tu preguntes, vamos acompáñame al comedor, pues debes estar hambriento."

~ Reino del Norte - Castillo Kan-Kan ~

Terminado dos semanas de duelo en el Reino del Norte, ante el deceso de Reiix su tío y antiguo rey, Adrián se encuentra en el balcón principal que da para la plataforma ceremonial. Está solo y pensativo. Pero en realidad no está del todo solo. Ya que su nuevo aliado ha hecho morada en su mente y corazón, así que no pretende abandonarlo nunca.

"Si quieres tener éxito en tu sed de venganza, solo déjate llevar por mis consejos." -le insistía Zombra en la mente del nuevo rey del norte.

"Todavía no puedo entender, ¿cómo es que se me escaparon? Estaban justo delante de mí. Como odio a ese Phellix y más que nada al traidor de Llaphet." -le

decía Adrián a Zombra, parecía que hablaba con un ser
imaginario.

"Olvídate de eso por ahora y escucha atentamente
mis palabras. Solo confía en mí y verás como todos y
cada uno de los que te traicionaron pagarán por todos
sus pecados cometidos contra nosotros." -muy
sutílmente le aconsejaba Zombra a Adrián, mientras el
rey contemplaba la Gran Espada de la Oscuridad.

La Gran Espada de la Oscuridad tenía un emblema
que simboliza los cuatro reinos de Errex. Por cada reino
tenía una piedrecilla que representa su elemento. Era
notable que la piedrecilla del norte brillaba muy
intensamente en rojo. No así las piedrecillas del oeste y
del este que solo brillaban parcialmente en amarillo y
blanco respectivamente. Mientras que la piedrecilla del
sur no brillaba para nada.

~ Reino del Oeste - casa de Ningho ~

Yaro se sobaba la barriga, pues todo ese tiempo que
estuvo convaleciente solo ingería líquidos asistido por
Nahy.

Al entrar al comedor, logra ver a Nahy que terminaba
de comerse algo de lo preparado por Ningho. Le venían
a su mente los recuerdos de verla cuidandole por el
camino hacia el oeste y en casa de la anciana.

"¡Hey! ¡Despertaste!" -Nahy dejando el plato a la mesa, se apresura a abrazarlo- "Yo soy Nahy princesa y Viento del Este."

"Con cuidado jovencita, que aún sigue adolorido." -le advertía Ningho.

"Gracias... me salvastes la vida" -le dice Yaro acordándose de ella.

"La verdad es que yo solo pude mantenerte con vida, hasta que llegamos aquí. Ningho se encargó del resto." -dijo Nahy muy emocionada de ver que Yaro ya había despertado.

Al Yaro mirar a la mesa nuevamente, vé a otro anciano sau'rex, que tenía un cuerno taurino en un oído, para poder escuchar mejor lo que decían, con un bastón cerca de donde estaba sentado.

"¡Ese es don Phellix! -dice Nahy muy emocionada- "Él nos salvó de Adrián y gracias a él yo no sufrí daño alguno. Aunque se me arruinó el Arpa de Viento, pero lo hubieras visto pelear. Con un solo movimiento, le metió un coletazo, que lo lanzó al suelo de manera impresionante. Todavía Adrián debe estar sobandose. Gracias a él logramos huir hasta aquí."

"¡Shhh!" -Phellix le hacía señales a Nahy para que no dijera nada frente a Ningho.

"Con que se guilló de héroe el viejo, -le decía
sarcásticamente Ningho- "quien lo ve, él que
supuestamente está sordo y tambíen cojo, porque
aparentemente una de sus patas no le responde
bien.¿Y ahora ahh? Ahora parece estar mudo o se le
puso de piedra la lengua. O será que no se atreve a
hablar sabiendo que yo me entero de que está como
coco"

"Nahy no exageres." -decía Phellix mientras Nahy se
daba cuenta que había puesto en aprietos al anciano.

Allí sentado a la mesa, a Yaro le eran contestadas
todas y cada una de sus preguntas, mientras probaba
las delicias y los manjares del arte culinario que impera
en la cocina de Ningho. Hasta conocer toda la verdad y
su importancia no solo en el norte, sino más bien en
todo Errex. Yaro no salía del asombro al escuchar que
era el legítimo hijo del rey Reiix y la reina Arya. Que la
Espada del Norte lo había elegido como el nuevo Arma
del Norte. Que ahora Adrián estaba usurpando el reino
con la ayuda del Señor de la Oscuridad , Zombra quien
había regresado. Su vida dió una vuelta de ciento
ochenta grados y un destino lleno de esperanza para
todo Errex surgía en una nueva generación de héroes
que se levantan para disipar las tinieblas que imperan
en el norte, como la luz del día que hace disipar toda
una noche oscura.

Continuará...

Dedicatoria:

 Le dedico este libro primeramente a Dios, quien puso en mí tanto el querer como el hacer. Sin su infinito amor, cuidado y guianza , nada de esto hubiera sido hecho una realidad. Luego se lo dedico a mis padres Felix Sr. y Ramonita (Ningo), gracias mami y papi por enseñarnos valores y por amarnos tanto. A mis hermanas; Wanda (R.I.P querida hermana te honro y te extraño)y su familia (Orlando/ Jennifer/ Christian/ Jafet), a Jessica y su familia (Osvaldo/ Nahyelis/ Jesnahy), a Ileana y sus queridas Vicky y Mollie. A Marita , Tito y Willy gracias. Por último y no menos importantes a los que son la verdadera razón por la que existe El Kronnox de Errex, mis hijos Yariel (Yaro) y Kiara Marie mi princesa. Y a la reina de mi corazón, mi amada esposa Aracelys. Dios bendiga mi familia. Amén.

Felix A. Quinones Soto (Autor)

www.ingramcontent.com/pod-product-compliance
Lightning Source LLC
Chambersburg PA
CBHW060547160726
47991CB00001B/462